校對女王 1

宮木あや子
Ayako Miyagi

校對女王 1

原本應該成為時上雜誌編輯的我，
為何被分到校隊部！？

(handwritten corrections: 尚, 對)

目錄

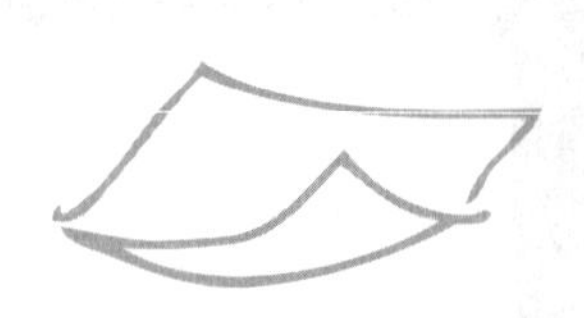

第一話 校對女王？

悅子的研習筆記
其之一

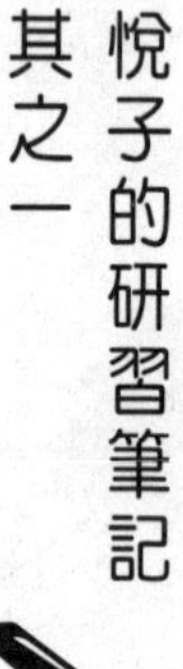

【校樣】把原稿連同頁面上的數字（頁碼）或是每一章的標題（放在頁面邊邊，這個地方叫書眉）一起列印出來，像是整本書籍內頁的紙張。整疊的。紙本校。由來是槳帆船的英文。槳帆船？是什麼樣的船啊？等等查一下好了。

──為什麼會變成這樣呢。

男子盯著自己沾滿鮮血的掌心。直到方才，這名瞠著雙眼、倒在地上不斷流血的女子，都還在自己的懷裡。然而，不斷流血的女子，此刻卻死在自己的眼前。回想起女子柔滑而溫暖的膚觸，男子戰戰兢兢地朝她胸前伸出手，揉了揉她白皙柔滑的乳房。那觸感仍是如此的軟──

在第二處的「不斷流血」旁邊畫線，寫下「刪除？」的註記後，在「的」和「軟」中間插入「＜柔？」，再把頁碼寫進校正筆記「36」的欄位。將工作處理到一段落後，悅子把鉛筆扔到桌上，轉了轉自己僵硬的頸子。

──要是眼前的女人真的死了，比起揉她的胸部確認軟硬度，應該先伸手摸她的脖子，看看還有沒有脈搏才對吧？

雖然覺得指摘這種問題也是白費力氣，但之後還是寫進去吧。

「是誰的原稿？」

在隔壁辦公桌進行著類似作業的米岡抬起頭來問道。一旁微微透出縫隙的百葉窗，讓夕陽的光芒有如斑馬線般落在他的臉上。

「本鄉大作。」

「啊～寫情色懸疑小說的那個。怎麼，妳看得心癢難耐了嗎？」

「吵死了，小心我用放大鏡砸你。」

「請不要這樣，會出人命的。」

打算泡杯咖啡的悅子從椅子上起身。她無視米岡「連我那份一起泡吧」的要求，只倒了一杯便返回座位上，然後眺望位於辦公室一角的會議用大桌子。時尚雜誌校對小組的成員正坐在桌前埋首工作。連自己的座位都能夠感受到那裡緊繃不已的氣氛。過去，悅子很嚮往這樣的緊繃氣氛。現在也依舊很嚮往。

真希望能加入他們的行列。為什麼只有我一個人在校對文藝作品呢？而且內容還是自己完全不擅長的懸疑類。

「噯噯，妳不覺得那個新來的業務員滿帥的嗎？」

米岡似乎已經完全失去幹勁了。他揉著自己的肩膀，看著在辦公室一角待命、來自凹版印刷廠的年輕男業務員，然後這麼問道。

「你不是灰色無性戀者嗎？果然還是比較喜歡男生喔？」

的確是滿帥的啦——悅子一邊這麼想，一邊反問米岡光男。

「我只是喜歡很帥氣的人而已～」

「這樣已經不算是灰色無性戀者了吧～」

看著米岡右耳上閃閃發亮的緞帶造型耳環，悅子這麼回應。時尚雜誌的校稿工作，恐怕要到深夜才會結束了吧。相較之下，文藝作品的內部校對都能在下班時間準時結束。窗外的天色已經逐漸轉暗，距離下班時間也不遠了。

【校對】檢查文章、原稿內容的錯誤或不合理之處，在確認後加以訂正或校正的動作。

「經過專家的——」。「——原稿。」

出自《大辭泉》

景凡社的總公司大樓位於紀尾井町，是以週刊雜誌和女性時尚雜誌為主力刊物的多元綜合型出版社。自應屆畢業後進入這家公司，便被分發到這間出版社的校對部已有兩年的悅子，在還是個小學生時，就和景凡社的少女雜誌一起長大。國中時期的她，瞞著父母偷看「臉紅心跳☆初嚐禁果的那個暑假」這種高中生赤裸裸的告白專欄；高中時期的她，懷抱著憧憬翻閱了一堆「這種約會敬謝不敏／這種約會求之不得！」的女大學生真心話專訪；大學時期的她，以「更上一級的聯誼必勝服裝！」的粉領族穿搭特輯，作為買衣服或化妝的參考。

大學二年級的時候，悅子一眼就迷上了刊登在景凡社的粉領族雜誌《Lassy》上的「Editor's Bag」。而這也決定了她今後的人生。Editor是「編輯」的意思。從「個人物品大公開」頁面的讀者模特兒的陣容來判斷，擁有這些Editor's Bag的，恐怕就只有萬中選一的時尚雜誌編輯或寫手。

想要光明正大地拎著這些美麗的包包，就只有成為時尚雜誌編輯一途。於是，這時的悅子將景凡社列為自己就職企業的第一志願。不過，對於因不上不下的偏差值（註1）而進入貴族女子大學就讀，結果履歷表上只有學校名稱比較搶眼的悅子來說，這原本就是個門檻過高的目標。能夠進入出版社工作的人，多半畢業於都內國立大學、或是僅次於第一志願國立大學的私立大學出身。就連性別不明的米岡，也是就讀僅次於第一志願東大的私立大學。

過去是個平凡又樂觀的女大學生的悅子，完全是憑藉幹勁和毅力通過了就職面試。她是多麼熱愛景凡社的時尚雜誌、而這些雜誌又為自己的人生帶來多少影響——聽到懷抱滿腔熱血的悅子滔滔不絕地演說，就連面試官都幾乎被她的氣勢壓倒。然而，在進入景凡社之後，她不知為何卻被分發到校對部。

悅子的姓氏是河野。讀音是「Kouno」而非「Kawano」。

河野悅子（Kouno Etsuko）。

人事部似乎只是因為「感覺名字比較適合做校對的工作」，就把她分配到校對部。不對，應該說她能夠通過面試，疑似就是因為這種理由。

不應該是這樣的呀——結束研習後，踏進自己被分配到的部門瞬間，悅子不禁這麼想。她工作的地方，應該是穿著Prada的惡魔、及其屬下安・海瑟威（變身後）等人匆忙來去、滿溢著活潑時尚感的辦公室才對。可是，出現在眼前的卻是一點都不時髦的空間。而洋溢著活潑氛圍的，也只有幾乎被視為另一個部門的雜誌校對小組。整體看起來簡直像個蕈菇類農場。連部長都長得活像個杏鮑菇。

面對剛進公司就一肚子不滿的悅子，過了一陣子之後，杏鮑菇向她表示「只要能祭出工作上的成果，就有機會調到自己想去的部門，想提出定期人事異動的要求，也會比較容易」。

——總之，先認真工作才是最重要的喔。

面對杏鮑菇的說法，儘管內心仍無法釋懷，悅子也只能點頭同意。就在這種無法釋懷的情況下，她現在仍待在校對部裡，認真將每一件工作做到完美。為了某一天能夠被調到《Lassy》編輯部去。

註1：日本大學入學考的指標數值，愈高代表學力愈優秀。

上午的校對部通常呈現安靜無聲的狀態。悅子這幾天所負責的懸疑小說作者本鄉大作，是撰寫「情色懸疑」這類作品的知名作家。她去年也曾負責過本鄉的單行本。老實說，悅子非常不擅長這個類別的小說。今天，身為主角的五十歲男性也依舊是老樣子，不是繼續揉著女人的胸部，就是玩弄對方的下半身。儘管寫的是這麼不堪入目又淫穢的內容，本鄉在業界卻以疼愛妻子的好丈夫聞名。總之，本鄉夫妻據說總是維持著鶼鰈情深的狀態。這實在令人無法理解。

「不要以為什麼作品只要加入情色元素就可以了啊，文藝界。這個老頭也是。別以為讓女人露奶，小說就會大賣好不好。」

悅子在翻頁同時發出的低喃聲，似乎傳入了米岡的耳中。後者輕笑了幾聲。

「情色元素真的有點過於氾濫了呢～不過，本鄉老師剛出道那陣子的作品，可都是普通又正統的懸疑小說呢。他認為光憑這樣的小說內容，並無法在業界長久存活下去，所以才改成走情色路線，結果算是押對寶了吧。」

「哦～看來他也挺辛苦的嘛。你手上現在是哪本？」

「菅居惠理子溫情洋溢的外遇小說。」

「溫情洋溢」與「外遇」兩者之間的落差，讓悅子忍不住笑出來。實際上，這名作家在三十二歲出道時便是已婚的身分。但她卻在不久之後就跟編輯有染，經歷一連串剪不斷理還亂的風波後，她和丈夫離婚，然後跟那位編輯再婚了。

「我如果結婚了，絕對不會搞外遇。」

「咦，你有打算要結婚喔？對象是男人還是女人啊？」

「因為我也已經二十八歲了嘛，總得考慮一下啊。對象是男人或女人都可以。」

儘管內心想著「日本現行的法律可沒有這麼開放喔」，悅子還是立刻將視線移回紙本校樣上。

據說是本鄉大作本人指名要悅子替他校稿的。一般情況下，校對員不會直接和作者聯繫，名字也不會出現在版權頁裡。不過，本鄉大作提出了「希望校對員跟上次是同一人」的要求。

——好厲害喔。這樣不是很好嗎。

杏鮑菇帶著一臉引以為傲的表情，將整疊初校的紙本校樣交給悅子。對此，悅子實在感到無法釋懷。

每位作家都有不同的寫作風格。例如：有些作家喜歡再三重複同樣的敘述。如果在校對後，針對重複的部分註記「刪除」，就可能會讓他們勃然大怒。作家的寫作習慣，原本是他們的責任編輯應該要去理解的範疇。責編必須再次確認已經校對完畢的紙本校樣，然後用橡皮擦擦去覺得不必要的修正內容。不過，完全不確認校樣裡頭的註記內容，也不向承接工作的人交代作家的寫作癖好，就直接把稿子從編輯部發給作家或校對部的「推卸責任星人」，也確實存在著。把這次的紙本校樣拿過來的編輯、亦即本鄉的責任編輯貝塚，正是這樣的人。

去年接下紙本校樣時，是悅子第一次和貝塚交談。當時，貝塚做出「編輯是個連作家的私生活都必須設身處地著想，並加以支援的工作」這樣的發言，再加上他身為男性編輯，卻意外整齊清潔的打扮，讓悅子以為貝塚是個熱心工作的優秀編輯，因此對他印象還不錯，沒想到完全不是這麼一回事。為了討作家歡心，請對方享用佳餚美酒，藉此讓他們交出原稿後，貝塚就完全不聞不問，是個「『只』支援作家私生活」的編輯。而且，他不會去確認校對員像機器人般用鉛筆細細寫下的註記內容，而是直接將紙本校樣發還給作家。要是被指正的內容踩到了作家的地雷，貝塚就會來校對部抱怨他們把作家惹生氣了。去年，悅子就曾因為這種事而跟本鄉鬧得不愉快。儘管如此，他今年卻還是指名悅子負責校對工作。或許連貝塚都大感意外吧。

「妳去年有惹毛他對吧？原因是什麼來著？」

「因為他筆下的女大學生說話太老氣了，我找了女大學生會看的雜誌，然後把讀者投稿專欄影印一份，跟校樣一起給他。」

「這樣當然會惹毛對方啊。」

「可是，一般情況下，在電車裡看到喝得爛醉的中年大叔，有女大學生會上前問他：『叔叔，您還好嗎？是否體調欠佳？』這種話嗎？之後還順勢一起上旅館？」

「不會呢。在這之前，根本不會出聲搭話吧？」

「對吧？這樣的設定根本就有問題。我也指摘了這一點，結果他很生氣地回說：『這就是杜撰的情節啊！』這樣。」

關於悅子指摘的所有台詞和劇情設定，對方傳回來的紙本校樣上要求全數「照舊」，於是小說就這樣出版了，然後銷售狀況就停在首刷沒有再版。一般在這種情況下，原本的出版社應該不可能再替該名作家出書了；但遺憾的是，本鄉已經開始在雜誌上連載新的小說，沒辦法寫到一半換出版社，所以便由景凡社再次替他出版單行本。

今天是校對部的截稿日。之後稿子會發給外校員，經過二次校對後，再回傳給文藝編輯部。悅子在校對員的欄位蓋下自己的印章，將貼滿便利貼的紙本校樣放在桌上整理好之後，背後傳來「喂，寬鬆世代！」的聲音。她轉頭一看，發現是貝塚。

「妳今天有空嗎？」

「啊？你沒頭沒腦地說什麼啊？」

「能參加聚餐嗎？可以對吧？那我們走！」

貝塚拉住悅子手臂的瞬間，部長辦公桌上的小型時鐘傳來提示下班的鬧鈴聲。

不同於編輯，校對員通常不會和作家見面。但現在，一名接近耳順之年、名為本鄉大作的男人，就坐在悅子的面前。下班的同時，貝塚拉著仍搞不清楚狀況的悅子坐上計程車，前往一間鐵板燒餐廳，讓她第一次體驗何謂「作家餐敘」。在肉類與海鮮香氣滿溢的狹窄店內，周遭的中年男性客人全都有著「老師」這樣的頭銜。

「原來河野小姐是這麼年輕可愛的女孩子啊。你怎麼不早說呢？」

至今仍使用十年前的作者近照，看起來大概比當年發福了五成的本鄉大作，以一隻手捧著看起來很時尚的巨大酒杯，盯著悅子這麼表示。

「不，她只有外表還能看而已，其實嘴巴超毒的，不適合帶出來見人吶。請問您夫人的健康狀況還好嗎？」

「嗯，我想應該是普通的感冒。」

——妳絕對不要開口，只要面帶微笑地聽老師說話，然後點頭。

踏進店裡之前，貝塚這麼告誡悅子。平常和編輯開會討論工作時，據說本鄉必定會帶妻子同行；不過，今天妻子因病在家休養，他就要求貝塚帶女孩子過來參加餐敘。但編輯部的女性職員全都不克前往，情急之下只好找上悅子——這是貝塚的說法。至於嘴巴很毒這點，其實是悅子為了不要讓校對部太中意自己，以便早日從文藝書籍相關部門被調到女性雜誌部門的演技。關於這點，除了米岡以外，貝塚和校對部裡的其他人都被蒙在鼓裡。然而，長期扮演這樣的形象，也讓她慢慢有種自己真的是嘴巴很毒又囂張的女孩子的錯覺。

「河野小姐，妳平常都看什麼樣的書？妳喜歡哪位作家？」

一如貝塚的要求，悅子沒有開口說話，只是笑著點點頭。

「妳用不著不好意思喔。現在的年輕女孩會看有森樹李的書嗎？」

「……」

聽到貝塚在耳畔提醒「笨蛋啊妳，這種時候要開口回答啊」，悅子老實表示「我平常只會看時尚雜誌而已」。於是本鄉大作帶著一臉「咦？」的表情望向她。將酒杯中的液體飲盡後，悅子再次開口說明：

「不過，您說的這位作家的名字，我也看過很多次。前年二月和去年九月出刊的《Lassy》，都有這位作家的新刊專訪；今年二月的《Lassy》，則是有他和在日劇中飾演女主角的女演員的對談。因為那位女演員的洋裝和髮型實在太不適合，我忍不住看得笑出來了呢。造型師應該要多下點功夫才行啊。」

一邊回憶、一邊這麼回答後，本鄉笑著對她說「妳記得真清楚呢」，然後喝下杯中重新注滿的液體。

「妳真的不是他的書迷嗎？」

「不是的，因為我也沒看過有森老師的書。另外，您有接受去年五月的《Enough》的『夫妻肖像』專欄的採訪對吧，本鄉老師？您表示夫妻相處的訣竅，就是不要過度干涉彼此，讓兩人維持著一定的距離。」

「……像妳這種年紀的女孩子，也會看《Enough》這類以中年男子為讀者群的雜誌嗎？」

「只要是景凡社出版的時尚雜誌，無論鎖定的讀者群是男是女、或是哪個年齡層，我每一頁都會看。順帶一提，接受專欄採訪時，您繫著Etro的領帶，然後別著Damiani的領帶夾。我覺得這樣的組合太做作了。如果您有特別委託的造型師，我想還是換一個人會比較好喔。」

「……」

貝塚和本鄉不禁面面相覷。反正如果本鄉因此被惹毛，該負責的人是准許自己發言的貝塚。所以，悅子只是毫不在意地大啖剛烤好、還冒著熱氣的夏多布里昂牛排。原來編輯可以時常吃到這麼美味的東西啊——內心的感動轉變為憤慨的她，再次喝乾杯中注滿的葡萄酒。

「河野小姐，妳的記性非常好耶。」

「沒這回事的。我也只記得雜誌的內容而已。」

「那麼，妳能說出十五位左右的《C.C》專屬模特兒的名字嗎？」

「從我開始看《C.C》那年算起的話，這本雜誌的專屬模特兒有十七位，掛名專屬、但同時也接受其他工作邀約的模特兒則有十位。您想問哪邊的呢？」

悅子一邊回答，一邊咀嚼做為配菜的豆芽菜，然後配著葡萄酒下嚥。在她覺得有些頭暈的同時，一旁的貝塚皺眉表示：

「……妳還真是個徹頭徹尾的寬鬆世代耶。」

「啥～？身為寬鬆世代的我們，可是國家政策之下的被害人耶。你要是晚個兩年出生，也會變成寬鬆世代的一分子啊。只是差個兩年，少在那邊自以為是了。」

「不要什麼都推給國家或別人，好像只有自己是被害人一樣啦。你們寬鬆世代就是這樣……」

「寬鬆世代平常才不會說這種話。而且，為了不要被你這種膚淺的大人說成『好像只有自己是被害人一樣』，我可是每天都有確實在工作喲～你這傢伙才應該好好看過原稿之後再傳給我們啦。明明受的是填鴨式教育，紙本校樣上留下的紅字和鉛筆字也太多了吧，真是無能。」

聽到悅子的回應，本鄉先是啞然，接著便哄堂大笑起來。一旁的貝塚則是無言以對地握緊拳頭。

已經沒有什麼好失去的東西了。只要能早日離開校對部，調到時尚雜誌部就行了——

對於自己出言不遜的行為，喝得爛醉的悅子其實並沒有湧現如此帥氣的想法。隔天，嚴重宿醉的她幾乎完全無法工作。

天氣逐漸變熱的兩週後，二校稿回來了。悅子透過放大鏡，確認初校所指出的漏字、首次出現的漢字標音及調整內容是否有誤。

「我實在是超優秀的！」

花了兩小時檢查完第一章，確認文字部分完全無誤後，接著是再次審核內文是否有不合理之處。除去男女之間的性愛描寫過多、以及女性的台詞太過時而不符合時代這兩點的話，雖然令人有點不甘心，但本鄉大作的小說其實還算有趣。

「優秀的是印刷廠才對喔。」

今天截稿的米岡在一旁頭也不抬地開口。

「噢，昨天那位業務穿的是Black Barrett的衣服，但他用的袖釦卻是Justin Davis的耳環呢。你去告訴他那不是袖釦，而是耳環，然後趁機和他培養感情吧？」

「……我說啊，妳可以把那份記性活用在時尚以外的方面嗎？」

「沒辦法。」

悅子一邊翻著日語辭典一邊回答。她的腦袋記得至今為止看過的所有時尚雜誌的常用詞彙；可是，直到去年為止，她連懸疑小說裡頭常出現的「屍蠟」一詞的日文發音都不知道，至今也還搞不懂那究竟是什麼東西。她甚至一度以為「山風」是偶像團體專用的某種暗號（結果是指一個叫山田風太郎的人）。

「沒辦法運用在工作上？」

「嗯，沒辦法。在這個部門工作，的確會變得稍微能明白小說的有趣之處，但我還是覺得時尚雜誌更有趣、也更有用處。」

接著，悅子壓低音量繼續解釋。雖然很喜歡研究時尚，但自己的熱情並不屬於想設計衣服、或是鑽研穿搭造型這種「供應端」。從小，悅子就只喜歡穿漂亮的衣服、或是欣賞穿著漂亮衣服的模特兒。時尚是一門高深的學問，而時尚雜誌就是這門學問的課本——悅子總是這麼想。而她也明白，包括自己在內，會有這種想法的人大概佔少數。啊啊，真想快點被調到《Lassy》的編輯部。

悅子一邊閱讀內文，一邊確認初校時配合小說內容製作的月曆和ＪＲ時刻表，然後輕輕「啊」了一聲。主角的移動時間有點不對勁。

在這本小說中，主角因喝醉酒而在路邊嘔吐時，一名女子伸出援手照顧他。主角不知道這名女子就是犯人，於是開口追求她。在兩人共渡春宵後，儘管迷戀該名女子的肉體，主角仍持續和其他女性發生關係。但之後，他所到之處陸續死了三個人。主角落入女子的陷阱，被誣陷成殺人犯，就是這本懸疑小說的大綱。最後，身為真正兇手的女子將一切坦白道出，然後就從崖邊跳了下去。男主角的職業是陶藝家。關於陶藝方面的知識，本鄉似乎曾和貝塚去深入取材過，所以在審核疑點的部分並沒有發現錯誤。可是，主角的移動時間太奇怪了。

為了確認ＪＲ時刻表的內容是否有誤，保險起見，悅子打開列車轉乘說明的網頁，研究從東京車站移動到事件發生的城市所需的時間。內文提到得耗費七小時以上的車程，網頁上實際顯示的時間卻不到五小時。原本以為這是什麼伏筆，所以又大致把所有內容看過一次後，悅子仍找不到可能相關的劇情發展。她用鉛筆寫下正確的列車進站時間，再加上「？」記號後，繼續調查移動到其他地點所需要的時間。結果，她發現小說中的車程全都和實際情形差了兩到三小時。

對沒在初校發現這個漏洞的自己感到不耐、以及完全無視這些的貝塚感到憤怒的悅子，用鉛筆針對所有問題點寫下註記。一旦時間上出現誤差，風景描寫也會跟著兜不攏。如果是在中午十二點從東京出發，經過七小時後，照理說已經天黑了；但根據實際的移動時間，應該還看得到夕陽才對。除了指摘出這一點之外，雖然覺得對方八成不會修改，但悅子還是順帶針對年輕女子過時的說話語氣寫下註記。

到了午休時間，悅子從座位上起身時，杏鮑菇過來向她搭話：

「本鄉老師好像很中意妳呢。」

「在那種情況下中意我，實在讓人無法理解耶。」

今天是東西百貨特賣會的第一天。悅子一分一秒都不想浪費掉。她拋下欲言又止的杏鮑菇，小跑步離開公司，招了計程車直奔東西百貨。

從架上取下自己相中的鞋子，並告知店員需要的尺寸後，悅子瞥見出現在視野中的某個人物，不禁「啊！」了一聲。對方也同時和她做出相同的反應。

如果有人說這是命中註定，那自己絕不會再相信什麼命運安排——悅子這麼想著，但還是朝對方輕輕一鞠躬。那是一名肥胖的男子。他站在擠得水泄不通的鞋子賣場裡，以乏味的表情看著一名五十歲左右的女子試穿樣式樸素的跟鞋。

「前幾天承蒙您關照了。」

在本鄉打算開口說話時，女子早他一步拋出「哎呀，這位是？」的問題。這位應該就是傳聞中那位和他鶼鰈情深的妻子吧。儘管臉上帶著笑容，凝視著悅子的視線卻冰冷得嚇人。

「我是景凡社的河野。目前是本鄉老師的原稿負責人。」

「……老公，你不是跟我說出版社的編輯都是男性嗎？」

女子以可怕的表情瞪著本鄉看。悅子連忙簡潔地向她說明「自己不是編輯，不會直接與作家聯繫。自己隸屬的部門，只是負責檢查原稿、成書的版權頁、書腰等整本書的文字敘述是否有不合理或錯誤之處」。

「既然不會直接與作家聯繫，你又怎麼會認識這位小姐呢，老公？」

女子繼續逼問本鄉。儘管能從服裝打扮推測出實際年齡，但外表仍十分美麗動人的這名女子，以一臉凶神惡煞的表情瞅著自己的丈夫。判斷自己沒有義務協助解決這對夫婦的問題後，悅子再次一鞠躬表示「那我先失陪了」，然後便打算離開現場。不巧的是，店員這時剛好替悅子拿來她想要的鞋子，她只好在距離兩人很近的地方試穿。那是一雙有著閃閃發光的細碎亮片、以及十一公分細跟的紅色魚口鞋。在春季號的雜誌上看到時，悅子判斷這款鞋應該到特賣會的時候都還會有庫存。就在她懷抱著感動不已的心情，輕輕將腳尖探入這雙華美的鞋子裡時——

「現在的年輕女孩，都喜歡這種像是青樓女子才會穿的鞋子呀。」

不知為何，那名疑似本鄉夫人的女子開始觀察起悅子，還以帶刺的語氣說出這種話。

「您討厭青樓女子的打扮嗎？」

「討厭呀。因為很沒有品味嘛。」

「那麼，夫人。敢問您為何會來逛這間販售青樓女子所穿的鞋子的東西百貨呢？再說，從以前開始，無論東瀛或是西洋的時尚潮流，都是由青樓女子所創造出來的喲。」

悅子頭也不抬地這麼回答，然後在鏡子前試著原地踏步幾次。她朝鏡中的一角偷瞄，看到本鄉一張漲紅的臉，以及女子慘白的臉。反正跟我沒關係——悅子這麼想著，然後脫下腳上的鞋子，和信用卡一起遞給店員。

不出所料，到了隔天，貝塚來到校對部大聲咆哮。怒吼著「妳在搞什麼啊！夫人簡直氣炸了！」的他，有著一張和昨天的本鄉同樣紅通通的臉。悅子一邊伸手掏耳朵，一邊用「你很吵耶～」開口反駁：

「我說啊，讓我和本鄉老師見面的人可是你喔。要是你沒安排那次的餐敘，我跟他就是素不相識的兩個陌生人了。還有，出現在這次的原稿裡頭的車程，全都比實際多出兩個小時。這是為什麼啊？」

「妳只要閉上嘴巴，安分用鉛筆寫下註記就好！這下子怎麼辦啊，本鄉老師說不定不會再替我們寫書了耶！」

「這種問題我哪知道啊。畢竟我原本就是『只要閉上嘴巴，安分用鉛筆寫下註記』的立場呀。」

悅子點進網頁的地圖功能，看著街景畫面這麼答道。就算沿路都放慢速度行走，也不至於到必須多花兩小時的程度。昨天下班後，她買了本鄉在其他出版社發行的兩本小說。分別是他的出道作、以及在一年半前出版的著作。回到家之後，她針對搭乘電車移動的敘述，透過轉乘說明的網頁一一確認車程。在出道作裡頭，主角的移動方式是開車；不過，另一本一年半前出版的作品，也同樣出現了多出兩小時的問題。悅子總覺得或許要把原因調查清楚比較好。

不過，既然對方都叫她只要閉上嘴巴，安分用鉛筆寫下註記，那就算了吧。

她轉身面對還在一旁大吼大叫的貝塚，丟出一句「本鄉夫人是個怎麼樣的人？」的問題。

「啥？」

「一般來說，到了那個年紀的女人，不會把自己的情感那麼明顯地表現出來吧。看到年輕女孩出現在面前，就算只是做個樣子，也會露出像是看到小孩那種充滿溫情的眼神才對。」

「妳才見過對方一次，怎麼可能了解這種事啊。」

「在女人心理這方面，我比你聰明得多，所以就是能了解啊～」

「三流大學出身還敢說自己聰明，妳是笨蛋嗎？」

「不是三流大學，而是旨在培育溫柔的賢妻良母的聖妻女子大學～要是有聖妻的女孩子來參加聯誼，就算是你，也絕對會瘋狂追著人家跑啦。」

看到貝塚沉默下來的反應，對他——或說是對全天下的男人都有些失望的悅子繼續說道：

「你之前不是很自豪地說『編輯是個連作家的私生活都必須設身處地著想，並加以支援的工作』嗎？既然這樣，你要不要再仔細觀察一下？有那種太太，我想本鄉老師一定過得很辛苦呢。」

「這我也知道！」

「那你就應該自己解決這種問題吧！可以不要把別人也捲進麻煩事裡頭嗎！」

這次，貝塚真的說不出話了。在輕輕咂嘴後，他離開了校對部。儘管一旁的米岡獻上掌聲，但悅子之後還是被杏鮑菇稍微訓了一頓。

只要安分用鉛筆寫下註記就好了——一如這句話，悅子默默寫下自己發現的疑點，並在三天後將稿子發給外校。接著，新的一批校樣來了。這次是一名年輕女性作家有點像私小說的出道作。看著段落間距很大、充斥著留白部分的紙本校樣，對內文的不合理之處寫下註記的同時，悅子有種心靈被洗滌的感覺。無論是寬鬆的段落間距、沒有邪念的內容、以及想必經歷編輯用心審核後留下的少少問題點，都讓她有這種感覺。

儘管悅子想試著遺忘「多了兩小時」這樣的疑點，新的疑點反而跟著冒出來。就算不把時間交代得那麼清楚，對故事的進展也不會造成影響，但本鄉卻選擇把分鐘做為時間敘述的單位，實在讓她倍感不解。悅子試著確認其他作家撰寫的懸疑小說，但除了「鐵路懸疑」這個範疇的作品以外，她沒看到其他把時間敘述得如此詳細的內容。相反的，這三年以來由景凡社出版的本鄉著作，全都詳載了移動時間。

午休時，杏鮑菇叫住了打算去便利商店的悅子。聽到他說要請客，悅子老實地跟著這位上司來到天婦羅專賣店。她點了高級炸蝦蓋飯，然後坐在滿是油炸物香氣的吧台座位前等待炸蝦被撈上來時，杏鮑菇開口了：

「剛進公司的時候，我曾經擔任過本鄉老師的責任編輯呢。」

「部長，你以前是文藝編輯部的啊？」

「嗯。那時的我們都還是單身。那陣子，『小說家』在社會上算是很響亮的頭銜，所以本鄉老師之前非常有女人緣呢。」

「他應該屬於在那之前完全沒有女人緣的類型吧？」

「我也不知道。不過，他在三十多歲的時候結婚，之後又過了幾年……河野，妳也見識過了吧？他的夫人是個超級醋罈子。因為這樣，本鄉老師在每家出版社的責編，之後清一色被換成男性編輯了呢。」

炸蝦蓋飯被端上吧台桌面。對杏鮑菇的話題不太感興趣的悅子用筷子夾起炸蝦，但杏鮑菇仍繼續往下說：

「之前有機會跟妳一起吃飯，好像讓本鄉老師很開心。」

「我倒是一點都不開心呢。話說回來，他們夫妻倆就算一起外出，看起來也完全不開心的樣子。那樣真的能算是疼老婆的小說家、鶼鰈情深的夫妻嗎？」

「夫妻也分成很多種呀～」

雖然這算不上是回答，但悅子實在沒有半點興趣。她花了十分鐘把炸蝦蓋飯吃完後，就先回到公司所在的大樓，從一樓大廳的雜誌書架抽出今天剛出版、鎖定五十歲左右的女性為讀者群的雜誌，然後坐在沙發上翻閱起來。

「那本雜誌的夫妻煩惱諮詢專欄很有趣喔。負責回答的大叔淨是講一些荒謬到極點的言論。」

看起來很閒的櫃台服務員今井，從櫃台後方對悅子這麼說道。

「夫妻的煩惱?今井，妳結婚了嗎？」

「沒有，還在同居。那個專欄在後面的黑白內頁。妳看一下吧，真的很有趣。」

悅子照著她的建議翻頁。來到文字專欄時，她瞥見雙手抱胸、還露出一臉得意表情的本鄉出現在頁面上。為了本鄉也有接受這種雜誌邀稿而感到吃驚的她，在閱讀內文的同時，感覺這幾天一直籠罩在腦中的白霧緩緩散去了。面對這位主婦「丈夫有外遇，我該怎麼辦才好？」的問題，本鄉這麼回答：

——只要放寬心胸等待，男人一定會回頭的。所以，在這之前，請先提升妳原本放棄的女性魅力，讓自己能夠在丈夫回來時用笑容迎接他，對他說聲「歡迎回家」吧。

換作是平常的悅子，大概會大罵「白癡啊！」然後氣到發抖吧。但她今天只是將雜誌放回書架上，向今井道謝，然後回到校對部，速速打了通內線電話給貝塚。

『按嘛（幹嘛）啦？我可不接受妳的謝罪喔。』

口中疑似還嚼著午餐的貝塚不悅地開口。

「噯，這幾年以來，本鄉老師有沒有一直在交往的情婦之類的？」

『這跟妳無關吧。』

「所以說就是有嘍？噯，能再安排我跟本鄉老師見面嗎？我絕對不會再失言了。我們部長也說本鄉老師覺得跟我喝酒很開心呢。」

電話另一頭傳來貝塚咂嘴的聲音。他短短地回了一句『我再問問看』之後，便切斷了通話。

「請您和尊夫人和好吧。」

因為連無關痛癢的閒聊都覺得麻煩，悅子乾脆向本鄉一鞠躬，然後開門見山地提出這樣的要求。在有著現場鋼琴演奏的帝國大飯店餐廳裡，一名年輕女子幾乎要跪地磕頭的動作，看起來想必滑稽不已吧。服務員們的目光很明顯地移向這裡。

「不，我沒有在生氣吶。是內人做了帶有歧視意味的發言，不是妳的錯。」

「我不是指這件事。這種事怎麼樣都無所謂。我只是希望能把單行本裡的移動時間修改成正確的。」

抬起頭來之後，一如悅子所想，本鄉的表情看起來有點僵硬。

「我想早點被調到時尚雜誌的部門去。為此，我必須把現在的工作做到完美。如果被讀者發現書中的移動時間有誤，了解出書過程的人，一定會覺得是校對員的疏失吧。我不想變成這樣。」

在沉默不語的本鄉身旁，貝塚露出彷彿已經舉白旗投降的表情看著悅子。很好，你就繼續保持安靜吧。

「本鄉老師。您在雜誌裡敘述的夫妻關係，純屬自己心中的理想吧？其實，尊夫人是非常喜歡干涉另一半的人，而且還會仔細閱讀您的每一本著作。」

「……這些都是妳自己想出來的嗎？還是誰教妳的？」

貝塚帶著已經放棄一切的表情，嘆著氣這麼反問。

「是部長給了我線索。就算是跟編輯開會，夫人也都會到場對吧？除了取材旅行的時候以外，本鄉老師幾乎沒有自由的時間。所以，只能趁這個機會跟情婦見面。我說的沒錯吧，老師？」

悅子再次望向本鄉。後者帶著一臉複雜的表情，思考該怎麼做出回應。

懸疑小說的內容若是有漏洞，通常很快就會被讀者發現。然而，比起懸疑要素，本鄉的讀者更在意情色的部分。大略調查過後，悅子發現主角的移動方式從私人轎車變成電車、並因此出現車程誤差，是在這三年才開始出現的問題；然而，驚人的是，就算搜尋讓讀者分享讀後感的交流網站，也不見半個人對移動時間提出質疑。儘管如此，這個漏洞總有一天會被人發現。

「……為什麼我得為了妳將來的工作發展而提供協助呢？再說，連一名編輯都不是的妳，應該沒有立場對我說這些吧？」

這是本鄉在約莫三十秒的沉默後道出的回應。

「要是編輯能好好看過原稿，然後指摘出這一點的話，我也用不著像這樣搶著出風頭了。今天，如果是貝塚提出同樣的要求，您會接受嗎？」

「不會。」

「為什麼？」

「因為我想維持和妻子目前的生活。」

聽到這裡，悅子不禁脫口罵了一句「這也太蠢了吧」。而她的腦門同時也挨了貝塚一拳。對喔，自己之前有答應他不會失言嘛。

「看在妳這種還不太了解男人的年輕女孩眼中，我或許很愚蠢吧。不過，我們的夫妻關係就是建立在這樣的狀態下。內人看不懂時刻表，也不知道怎麼上網，甚至不會跟我以外的人外出。儘管只能透過我，以極其狹隘的眼光來看這個世界，內人也願意接受這樣的人生。妳或許無法明白這種事吧。」

「那麼，您又為何要指名年輕而不懂世事的我，來負責這本著作的校對工作呢？」

「因為上次的校對內容很有趣。是我不曾看過的觀點。雖然我最後還是沒有接受那些指摘就是了。」

原來對方把自己的工作內容當成一種娛樂了嗎？一股乏力感和些微的怒意在內心湧現。但這些純粹是自己的個人感受，所以不能表現出來。悅子輕撫著剛才挨揍的地方忍了下來。

「……下次請恕我拒絕。」

「不要緊，這是最後一本了。我之後不會再委託景凡社出書。」

聽到這句發言，貝塚一定會慌忙下跪勸說本鄉吧——悅子這麼想著。然而，一反她的預料，貝塚只是回以一句「我明白了」，便揪著悅子的手臂起身。

「老師，祝福您往後的人生平安順遂。走了，河野。」

「啥？咦？沒關係嗎？」

貝塚拋下一句「沒關係啦」，就直接穿越大廳往外，在飯店門口的搭乘處攔下一輛計程車。悅子回頭的一瞬間，映入視野的本鄉身影，看起來莫名的瘦小。

原來，所有的責編都知道這件事，只是裝作不知情罷了。

「這是怎樣！為什麼啊？不對，你應該一開始就告訴我啊！我之前的那些努力算什麼啊！」

在無人的昏暗校對部裡，悅子單手捧著煮太久而變酸的咖啡，把內心的怒氣一股腦宣洩出來。

「妳也見過老師的夫人了吧？去取材旅行的時候，本鄉老師用『這是工作，所以我沒有餘力看顧妳』的理由，好不容易才擠出一個人的自由時間，但夫人還是每隔一小時打一次電話查勤。完全沒有一個人放鬆心情的時間啊。」

「反正他一定是因為外遇被抓過一次，之後就一直被監視了吧。」

「妳怎麼知道？」

「我說過啦，在女性心理方面，我比你聰明得多呢。所以呢？每間出版社都團結一致地幫老師隱瞞情婦的存在？噯，我可以再說一次嗎？這也太蠢了吧。」

「真的是很蠢呢。」

聽到貝塚意外坦率的回應，悅子有些愣住。去年，悅子曾對本鄉的著作提出「年輕女性的說話方式不合時宜」的指摘；但本鄉似乎是為了避免被妻子追問「你什麼時候跟年輕女性說過話了」，所以才沒有採納她的意見。話雖如此，這樣的校對內容讀起來倒還挺有趣的。因為這樣，他才會再次指名悅子。

「那個年代的作家啊，幾乎都是以工作為優先，而不太在乎自己的家庭。可是，本鄉老師卻深愛著自己的太太。這點我覺得很厲害呢。」

「深愛著太太的男人才不會搞外遇。就算有外遇，也不會讓她發現。不，應該說完全不會有情婦才對。」

貝塚露出無力的笑容回應「是沒錯啦」，然後把身體靠在椅背上，仰頭看著天花板。

「唉～死定了～我明天一定會被部長罵個狗血淋頭～明明就不是我的錯啊。」

「就趁機讓他把你調到其他部門啊。」

「才不要。我手頭上沒沒無名的優秀作家還很多，我想好好發掘、捧紅他們呢。」

這時，校對部的大門被打開，點亮電燈的米岡踏了進來。突然變亮的室內，讓人一瞬間睜不開眼。

「咦！討厭啦，妳在這裡做什麼，河野妹？咦，貝塚？」

「你才是呢。怎麼這麼晚還過來啊，米岡？」

米岡和貝塚是同時期進入景凡社的職員。米岡回答「我有東西忘了拿」，然後便來到悅子身旁，將鑰匙插入辦公桌抽屜的鑰匙孔轉動，從裡頭取出皮夾。

「這種時間，你們偷偷摸摸地在這裡做什麼呀？暗通款曲？」

「你的用詞也太古風了吧。是說，你忘記拿的東西很誇張耶。」

「是從我手上的校樣看來的。暗通款曲聽起來很不錯吧？讓人有心動的感覺。」

接著，米岡和貝塚開始熱切討論起「暗通款曲」這個成語。在一旁茫然看著他們交談模樣的悅子，深感這個部門果然不是自己應該待的地方。她對文學沒有興趣。面對小說中出現的艱澀詞彙，她也必須一一翻字典才能了解意思。儘管不覺得這樣的自己令人難為情，但想要好好完成被分配到的工作，她的熱情實在不夠。在一次深呼吸之後，悅子從座位上起身。

「我回去了。」

「咦？討厭，難道我真的打擾到你們暗通款曲的時間了？」

「不是啦。是因為我覺得有點累了。」

悅子望向時鐘，發現現在已經是過了晚上十點的時間。這是她第一次在公司待到這麼晚。悅子獨自搭著電梯往下。電梯門在某個樓層打開時，她發現在走廊另一頭的女性雜誌編輯部，仍充斥著跟白天時段沒兩樣的蓬勃朝氣。好想趕快到那裡去喔……她眺望著這樣的喧囂約莫五秒後，沒有新乘客的電梯門緩緩地自動關上了。

又過了三個星期。在炎熱的暑氣之中，文藝界因為兩大文學獎的頒獎典禮而熱鬧非凡。同時，印刷廠完成了本鄉新作的樣書，校對部也收到了一本。儘管連看都不想看，但為了確認自己的校對內容被採用了多少，悅子還是翻開了這本書。

「啊，已經出啦？嗚哇～貝塚還是老樣子，超級不會寫書腰的宣傳文字耶。」

從旁探頭湊熱鬧的米岡，看到套在封面上的書腰寫著「女人總會在男人的旅途上產下謎題」這行微妙的宣傳文字，忍不住笑了出來。悅子也不禁懷疑貝塚是否真的有心想推銷這本書。不過，比起這些，閱讀著本文的悅子又將已經讀過的部分重看一次。

「時間改過來了……」

「咦？是妳說差了兩小時的那個嗎？」

主角搭乘電車移動的場景一共出現過四次。悅子把這四個地方全數確認過，然後發現都改掉了。判斷貝塚大概不會去翻書確認的她，打算撥一通內線電話過去通知，然後將手伸向話筒的同時，電話響了起來。

「您好，這裡是校對……」

『妳看到了嗎！都是我的功績！我的功勞！妳看看妳！』

悅子還沒來得及說些什麼，對方便掛上電話。過了兩分鐘後，貝塚衝進校對部。一臉得意洋洋的他，手上同樣拿著本鄉的新刊。

「真要說的話，我覺得應該是托我的福耶。」

「笨蛋，是我的功勞才對。因為負責最終校對的人是我啊。」

「可是，你也是到今天才知道有改過來吧？明明是負責最終校對的人。」

雖然自己的立場跟這種事無關，但悅子仍不禁思考起本鄉的妻子會作何反應的問題。把丈夫當成自己的全世界、只能透過丈夫認識這個世界的女人。本鄉外出取材那天的出發時間和返家時間，她想必都還記得吧。如果發現了兩小時的空白，她一定會追根究底，本鄉家也會捲起風暴。

「……如果被夫人發現這一點，那要怎麼辦啊？」

「原來妳也會在意這種事？不過，只要說是校對員弄錯了，就能輕鬆撇清關係了吧。」

「這樣有什麼意義啊！我的校對內容明明無懈可擊！」

悅子正打算起身抗議時，貝塚伸手摸索自己胸前的口袋，然後掏出手機。他低聲表示「是本鄉老師」，然後按下通話鍵。在「樣書已經印好了」、「成書看起來相當精美呢」等恭維話之後，不知為何，貝塚將手機遞給悅子，並對她說「換妳聽」。原本以為會挨一頓臭罵的悅子，露出厭煩的表情接下手機。不過，從另一頭傳來的嗓音卻很平靜——或說是透露出某種舉雙手投降的感覺。

『我想送一套衣服給內人，幫我挑一下吧。』

「不要。」

聽到悅子果斷回絕，本鄉略感意外地問道：

『為什麼？妳不是很擅長這種事情的嗎？』

「這是您要用來謝罪的禮物吧？這樣的話，如果不親自挑選，就沒有意義了。」

手機傳來本鄉夾雜笑聲說著：『說得也是。』

「啊，不過有一個重點。如果您送有些『青樓女子』風格的洋裝或鞋子給夫人，她說不定會很開心喔。」

『內人很痛恨這樣的東西吶。』

「反正，一定是因為您第一個被發現的外遇對象是這樣的女性對吧？其實，會說這種話的人，多少都對自己討厭的對象抱有憧憬喔。」

還真是種麻煩的生物啊……本鄉這麼說，然後嘆了一口氣。

『我現在真的沒有搞外遇了。』

他接著喃喃說道。

「只要您願意修正原稿，這種事怎麼樣都無所謂了。」

『我就知道妳會這麼說。我純粹是想一個人靜靜罷了，就算只是短時間也好。』

聽到本鄉平靜的告白，悅子猶豫著是否該將真相轉告給責編，於是朝一旁的貝塚偷瞄一眼。不過，基於本鄉或許也想維持男人的顏面，悅子決定將這件事埋葬在心底。

「祝福您一切順利。如果實在覺得太傷腦筋，我可以告訴您幾款個人推薦的時尚品牌。」

『嗯。』

「期待您的下一份原稿。」

『……我知道了。』

將手機還給貝塚前，悅子便切斷了通話。看到她沉默地將手機遞給自己，貝塚忍不住開口問道：

「妳剛才是不是說了『下一份原稿』幾個字？」

「說啦。老師也回說『我知道了』。這下子絕對是我的功勞嘍。你這陣子找時間請我吃點什麼吧？」

在一陣欣喜若狂的吶喊聲之後，貝塚小跑步離開了校對部。悅子喃喃唸著「這傢伙好吵」，重新面對自己的辦公桌坐好後，發現米岡帶著有些壞心眼的笑容望著她。

「開始覺得校對是令人開心的工作了嗎？」

「一點都不。再說，剛才那又不是校對員該做的工作。如果貝塚能更認真工作的話，我也不需要做這種事了。」

悅子將身體靠上椅背，用力伸了個懶腰。哪裡開心啦？校對根本是一種機械化的工作。不過，其他部門的職員、甚至是作家，或許都有同樣的感覺也說不定——悅子凝視著天花板這麼想。

「總有一天，妳也會了解校對的樂趣的，河野妹。」

「絕對不可能。我絕對要到時尚雜誌部門去。」

像是在說給自己聽似地回答米岡後，悅子拉開自己的辦公桌抽屜。裡頭放著十八本自己至今負責過的單行本。她暗自祈禱這些書的數量不要再繼續增加，然後將本鄉的新刊放在最上面。

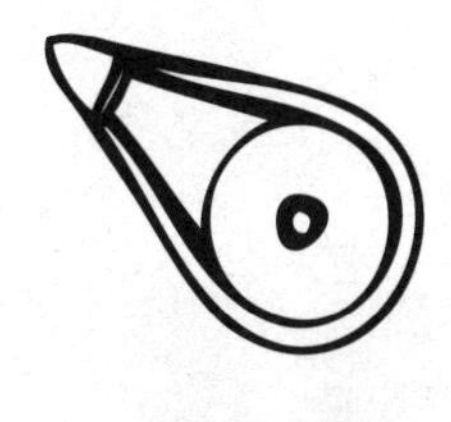

第二話
校對女王與編輯女子

悅子的研習筆記 其之二

【初校】紙本校樣的第一彈。校對員的工作。

【二校】套用了初校校對內容的紙本校樣。這也是校對員的工作。二校還是沒有通過的話，就會一直延伸到三校、四校以上。

【追加校】為求保險起見而再校一次。因為只是「為求保險起見」，所以用紅筆或鉛筆註記會很遜。

【作者校】由作者進行的校對作業。或是經過這項作業的紙本校樣。

【終校結束】修正和確認作業全部結束，接下來交給印刷廠負責就好！出版社不再插手稿子的事情。

【終校日】編輯無法回家的日子。

「咦？校對是做什麼的？跟編輯不一樣嗎？妳不是在出版社上班嗎？工作內容是什麼啊？」

眼前這名男性，有著一張大概走出這家店三秒鐘後，就會讓人遺忘的毫無特徵可言的臉蛋。自稱「操盤手」的他，搖晃著手中高球雞尾酒的杯子，以有些困惑的微笑這麼詢問悅子。泛著沉靜光澤、採紋飾加上斜條紋設計的領帶。從袖口的形狀看來，這身深藍色的細直條西裝應該是Loveless的吧。不過，用虎眼石打造的袖釦，讓他看起來有種中年大叔的味道。

「我也還搞不太清楚呢～」

完美的無辜下垂眼妝。Jill Stuart的同名淡香水。雖然不合自己的喜好，但身上這件白色蕾絲迷你寬鬆連身裙（化纖材質）似乎大受男性好評。手上則是Samantha Thavasa的粉紅色包包。不過，為了維持最底限的自我風格，至少腳上穿的襪子是Antipast的。在被分配到時尚雜誌《C.C》的同期女性職員舉辦的這場正式聯誼派對中，面對「扮演成受男人歡迎的女孩子」的自己，悅子努力和羞恥心奮戰著。

「對了，我上個星期買了一輛車喔。」

在沒有任何前提的狀態下，操盤手以比剛才更大一些的音量開口。

「我也在上星期訂了今年新推出的大衣呢～」

悅子不服輸地回應。儘管如此，鬧哄哄的居酒屋包廂仍未因此安靜下來。

「進口車的維修保養真的很花錢吶～」

「我懂～像蠶絲或人造絲材質的衣物，送洗費用也是相當驚人喲～」

「我買的是義大利的車子。妳猜猜是哪一輛？這種車款的速度很快。」

「對了，大多數人好像都以為Loewe是義大利的品牌，不過，你知道嗎？它其實源自西班牙喲。」

「提示是，它的第一個字母是A。妳猜得到嗎？但女孩子大概不懂車子吧。呃～」

「你說的是在車手恩佐．法拉利獨立創立車隊後，於F1比賽中慘敗給法拉利公司，之後又因為業績慘澹而被飛雅特汽車收購。儘管如此，卻還是不死心地以維斯康提（Visconti）家的家徽繼續營業的愛快羅密歐（Alfa Romeo）嗎？」

「……」

此時，原本在斜對面的座位和其他男子有說有笑，一身服裝打扮也近似悅子的今井，對她投以冷冰冰的視線，接著連忙再次開口幫悅子打圓場：

「不要緊的。你看，大發工業株式會社就是豐田旗下的機構，也負責幫豐田生產輕型汽車；速霸陸汽車也是呀。明明擁有能夠製造飛機引擎的技術，參加F1之後，卻輸得慘兮兮。這種事很常見呢！」

【校對】檢查文章或原稿的錯誤或不合理之處，並予以修正、補全。「經過馬琴的——《小說神髓》」

出自《新潮現代國語辭典》

景凡社的總公司位於紀尾井町，是以週刊雜誌和女性時尚雜誌為主力刊物的綜合型出版社。約莫於三十年前開始積極出版文藝作品，甚至在八年前創辦景凡社獨自的文學新人獎。不過，在現今社會中，仍以閱讀為興趣的人似乎只剩一小部分，再加上長期的經濟不景氣，售價偏高的文藝作品變得很難賣。為了保全「綜合型出版社」的名號，景凡社的文藝編輯部不斷蠶食著時尚雜誌和週刊雜誌兩大主力刊物的營收，勉強存活至今。當初應該選擇主攻漫畫，而不是文藝才對——據說社長身邊的人時常這麼感嘆。

說到出版社，旗下必定會出現的部門當然首推編輯部。此外還有不僅限於出版社，在眾多企業中都能看到的業務部。另外，諸如「廣告宣傳部」、「總務部」等一般常見的「企業組織中的主要部門」，出版社基本上也都會設立。不過，其中也存在著只有部分出版社才會有的部門。那就是「校對部」。

到了午休時間，悅子一如往常地來到一樓大廳，從靠牆的書架上抽出今天出版的女性時尚雜誌，坐在沙發上興奮地攤開書頁。

「噯，河野小姐。妳喜歡車子嗎？」

坐在櫃台後方的今井出聲搭話。她的一頭捲髮今天依舊完美動人。

「一點興趣都沒有。」

「那妳為什麼要說那種話呀……昨天參加聯誼的男人，都露出了一臉退避三舍的表情呢。」

「我前陣子還在校對的某本硬派偵探小說中，出現了很多跟汽車相關的內容。在查證事實的同時，腦袋裡也多了一堆不必要的知識。是我不好啦，把氣氛都給破壞掉了。對不起喔。」

「看了那麼多女性雜誌，妳應該多少有學到參加聯誼的基本常識才對呀。妳是傻瓜嗎？」

悅子完全無法回嘴。

擔任櫃台服務員的今井畢業於短期大學，是靠關係進入這間景凡社工作。儘管只比悅子早一年進入公司，但實際上，她可說是年輕女職員之中的最高掌權者（因為是靠執行董事的關係）。到了時尚雜誌每個月的出版日，悅子總會來到一樓大廳翻閱。這些她都看在眼底。

一開始，她原本以為打扮總是無可挑剔的悅子是一名女性雜誌的編輯；然而，在得知打扮光鮮亮麗的她，卻隸屬於公司內格外不起眼、甚至無人能確實把握其員工生態的校對部、還且還是文藝作品的校對員之後，懷抱著同情心的今井便和悅子變得熟稔起來。不過，悅子知道包含今井在內的女性櫃台服務員，都暗中把自己說成「時可姊（不是時尚又可愛，而是再怎麼時尚都可憐沒人愛的意思）」的存在。

趁著沒有訪客，兩人開始討論昨晚的聯誼有沒有看對眼的男人。這時，入口的自動門敞開，頂著一頭綁得很緊的馬尾、腳上踩著鞋跟已經磨損不少的低跟鞋、一身眼鏡加套裝打扮的女子，提著便當店的塑膠袋入內。雖然她跟年資兩年的悅子是同期進公司，如今看起來卻彷彿已經三十八歲。

她用像是看到髒東西的眼神朝悅子等人瞥了一眼後，便將掛在脖子上的員工證貼上感應器，然後迅速步入電梯大廳。

「……出現了，貞操帶。感覺真差～」

等到女子的身影從視野中消失，今井以略微嘲諷的語氣開口。

「真糟帶？」

「不是真糟，是貞操。感覺藤岩小姐就是會穿著那種鋼鐵製內褲的人嘛。」

「不不不，那種人穿的應該是Gunze的棉質內褲吧？」

「妳人真好耶，河野小姐～」

悅子一邊在內心想著「我知道啊」，一邊不自覺地朝藤岩消失的方向望去。她至今仍未校對過由藤岩擔當責編的書籍，不知道她是不是真的有在工作？

時間來到一點過後。悅子將雜誌放回書架上，拖著沉重的腳步返回校對部。她今天早上收到了一份相當麻煩的原稿，感覺工作量也會變得很龐大。唉，真討厭。

——東京車站是從何時開始變得如此風雅呢？

至少，在我仍以田町為中心而四處遊玩的學生時期，並沒有出現這種現象。啊啊，那些令人緬懷不已的青春時光。我會決定在本公司任職，除了社長的賞識以外，也跟這條我深愛的京濱東北線有很大的關係。打從出生以來，我就一直在搭乘這條電車路線。這樣的京濱東北線的一角，差不多是在我注意到他們——突然在東京車站現身的風雅人物。或者應該說是大人物吧——的時期開始變得風雅的。

雖然田口把他們形容成「走路遲緩到讓人煩躁的一群傢伙」而加以唾棄，但這想必是因為他沒有正確理解到那些人的本性吧。風雅的並不是他們的言行舉止、或是那身衣裳，而是他們本人。

在尖峰通勤時段差不多過去之後，從東京車站走進電車裡的，是一群頭上的平安烏帽散發出耀眼光澤的人。被染成貴氣紫色的平安烏帽，用亮片繡上了代表他們隸屬組織的幾何學符號。

如果摘下那頂平安烏帽，他們看起來就跟我一樣是個普通的企業戰士。做這種花俏打扮的他們，正是我的好友損友，從秋葉原到大宮一帶都有著強大影響力的「秋葉原宮實松」麾下的成員。

十五節車廂設計的電車即將抵達秋葉原。

風雅人大約佔了乘客之中的三成。一節車廂大概有兩百的乘客吧。也就是說，按照這種算法的話，一共有60×15＝900個風雅人在這列電車上。他們全都是實松自幼培養出來的人才。現在說這種話或許太晚，但我又再次深切感受到他握有多麼大的權力。秋葉原宮實松。他是家喻戶曉的我國第一電器街、亦即秋葉原的創始一族末裔。

他們一族的起源似乎可以追溯到源平時代。身分高貴而屬於一族中的主流族群的秋葉原宮一族，因其高度的風雅氣質（說穿了就是花俏）和精湛的技術能力，成為君臨那個時代的存在。據說他們的統治長達了5世紀。然而，擁有優秀的技術能力，未必就一定能夠受到當代統治者所歡迎。

進入混亂的戰國時代後，為了將秋葉原宮一族的技術能力化為己有，各大諸侯紛紛群起叛亂；在發現無能實現這樣的目的後，他們便徹底彈劾秋葉原宮一族，揚言要是不肯歸順於自己，就要將一族趕盡殺絕。

我不知道這件事情究竟是真是假。這是我從實松口中直接聽來的。我和實松是同一所工業高中的學友。或許是因為風雅的穿著打扮、以及那無可救藥的高貴說話語氣吧，實松被戲稱為「麿」而持續受到排擠。在受到我各方面的幫助後，為了表達感謝，他把一族的起源細細說給我聽。雖然沒有比這更令人困擾的事情，但我還是被這個壯闊的故事所吸引。就讀高中的那三年，我一直都在聽他訴說秋葉原宮一族令人唏噓不已的過去。

現在，實松成了我公司最高級的貴賓，同時也是一名令我恨得牙癢癢的客戶——

首先，悅子用鉛筆在漢字數字和阿拉伯數字混用的地方寫下註記。在「好友損友」中間加上「兼」，「兩百的乘客」中間加上「名」。「本公司」和「我公司」是否需要統一？接著，她又在頻繁出現第二次的「一族」旁邊畫線，加上「刪除？」的疑問。最後，有點變鈍的鉛筆筆尖，像是水母的觸手般在紙本校樣上方來回游移。

——秋葉原宮一族並非實際存在的歷史人物。這樣ＯＫ嗎？

——在源平大戰的年代，不存在秋葉原這個地方。這樣ＯＫ嗎？

——戴著散發出光澤的平安烏帽的那群人，身上穿的是西裝或是平安時代的服裝？稍微描寫一下，或許有助於讀者想像？

在出現問題的段落上打勾後，悅子勉強在版面外框的留白處寫下字跡扭曲的註記。但寫完之後，她又覺得提出這些質疑是在白費力氣，便慢吞吞地用橡皮擦擦掉註記文字。總覺得一團亂呢。這份稿子讓她完全不知道該從何校起，腦袋幾乎都要燒起來了。感覺有點頭暈。

上午草草看過一次之後，悅子覺得這就只是個在螺絲生產企業工作的上班族，搭乘京濱東北線從蒲田前往大宮的通勤故事。書名明明就是《好像狗》，整篇文章卻不見半隻狗登場。在故事末尾，只出現了風雅的平安烏帽集團，在埼玉新都心車站附近坐上「線型馬達牛（能夠以音速行駛的牛車）」的敘述。悅子重重地長嘆一口氣，把椅子轉向窗戶的方向問道：

「噯，部長。我該怎麼校這份稿子啊？」

「那是誰的原稿來著？」

「是永是之的單行本追加內容。」

也就是說，比起在雜誌上連載的原稿，這種稿子需要加以作業的內容更多。而且，編輯部一起送過來的校對指示文件，內容幾乎是一片空白。

「噢……那個人基本上是純文學作品出道的，只要校對錯別字或漏字就好了。因為針對他的寫作內容去查證事實，也等於是白費力氣。」

會寫出這種文章的人，到底生著什麼樣的腦袋啊。悅子轉身重新面對桌上的紙本校樣時，一旁傳來吸鼻水的聲音。想尋找聲音來源的她，發現紅著一雙眼的米岡正在從盒子裡抽出衛生紙。

「咦，你幹嘛哭啊？讓人很尷尬耶。」

「這……這本小說超棒的……是我最喜歡的四条老師的新作……」

用力擤了擤鼻涕後，米岡將衛生紙扔進垃圾桶，再次將視線專注於紙本校樣上。雖然不清楚米岡的內在性別，但一個外表看起來是成年男人的人哭得這麼激動的情況，悅子還是首次親眼目睹。而且，米岡握著鉛筆的右手已經完全停下了動作。哎呀呀……悅子這麼想著。

悅子對小說沒有興趣。國中的時候，因為受朋友影響，她有看過一陣子的手機版線上小說。她可以說是在進入景凡社工作之後，才開始正式閱讀紙本書，而且從中感受不到什麼樂趣。相較之下，米岡是文學部的日本文學系出身，也是那種能夠樂在其中地閱讀小說的人，還會跟時常跑來校對部的同期編輯貝塚討論近期有趣的文藝書。接著，一如悅子的料想——

「米岡、河野。把你們負責的紙本校樣交換一下。」

杏鮑菇（部長）下達了這樣的指示。湊巧的是，兩人手上的稿子都是文藝編輯部今天早上發過來的。所以現在還來得及。自己或許有機會脫離這份意義不明的原稿。

「不……不好意思。不要緊的，我還可以繼續校。」

「不行啦～如果對內容入戲太深，就沒辦法冷靜校對了啊。快點交換吧。」

的確，是永是之的紙本校樣完全無法讓人投入情感。而且，如果校對員過度沉溺於小說劇情之中，就很容易疏忽掉誤字漏字等問題，事實查證也會變得馬虎。

透過深愛日文之美的自己的雙手，再次雕琢作家的文字，使其轉化為更正確、更優美的成品，原本便是能夠讓米岡感受到至高無上的喜悅之事。而足以凌駕這種喜悅之上的「優秀」小說，究竟有著什麼樣的內容呢——悅子一邊這麼想著，一邊將整疊的紙本校樣堆到米岡桌上。然而，米岡卻用上半身壓住他的紙本校樣，朝悅子大聲嚷嚷：「不給妳！」

「你這樣是在幹嘛啦？而且，你現在的狀態能好好校稿嗎？」

「可以啊！這可是四条老師睽違十年在我們這邊出書耶！讓我做這本啦！」

「總之，先借我看一下啦。你校到第幾頁了？」

聽到悅子的發言，米岡不太情願地將整疊紙本校樣遞給她。發現他看的進度到第九十六頁，悅子便鎖定這個範圍重新看一次。在一開始的部分，原本還滿是用鉛筆和紅筆仔細寫下的註記。然而，過了第四十頁之後，紙本校樣上開始看不到任何註記。即使是必須修正的問題處也一樣。

「你看，這邊你就直接看過去了啊。有好多個『摑』都寫成新漢字的字體了，漢字標音則是置中跟置左兩種格式混用。有的地方換行了，首行卻沒有位移兩個字元。這些疏漏一眼就能看出來了耶。」

「……」

米岡帶著一臉恨意的表情伸出手，企圖搶回自己負責的紙本校樣。

「等一下，我來校啦！這本看起來比較輕鬆，所以我也要選這本！」

「不要！還我啦，我要做這本！救命啊，四条老師！」

在悅子和米岡一邊哇哇大叫、一邊用力搶奪紙本校樣時，後方突然傳來一個高亢的女性嗓音：

「等等，你們在做什麼呀！」

悅子望向大門處，發現今井口中那個穿著貞操帶的藤岩，手中捏著一張兩百字的原稿用紙，帶著一臉凶神惡煞的表情佇立在門口。重新再看一次之後，悅子依然真心覺得她身上的套裝俗氣無比。悅子朝桌上的校對指示文件瞄了一眼，發現讓米岡執著的這份紙本校樣，責編正是藤岩。她大步大步地朝悅子和米岡走來，從兩人手上把紙本校樣搶走，然後怒瞪著他們說道：

「我有交代過，這部作品要麻煩米岡先生處理吧？為什麼妳會來碰這份紙本校樣？別碰它啦！」

「因為米岡只是單純看過去而已啊。這樣也沒關係嗎？」

「如果米岡先生有遺漏的地方，我會負責補充。別用妳的髒手碰真理惠大師的原稿啦！」

悅子不禁望向自己的指尖。她的指頭的確沾到了不少紅筆的墨水和鉛筆的碳粉。她抽了一張濕紙巾擦手。

「我不是這個意思……」

「抱歉，藤岩小姐。我會好好做的。我會以真理人的身分好好努力。」

「真理人？」

「就是四条真理惠大師的信徒的意思。我跟藤岩小姐都是真理人呢。對吧～？」

聽到信徒一詞，悅子覺得這樣的安排更不妥了。她轉頭望向杏鮑菇，發現後者帶著看似已經放棄的表情點點頭，感到莫名失望的她，只好將原本堆到米岡桌上的是永是之的紙本校樣拿回來。將指尖的髒污擦乾淨之後，看著黏上施華洛世奇碎鑽的甲面，她也順便把沾附在上頭的皮脂和污垢仔細清理乾淨，然後確認指甲變長了多少。這時，悅子感覺到一股視線。

「我不想讓妳這種人涉入文學作品的工作。」

不是凶神惡煞、也不是真糟帶。貞操帶以憤怒的視線傲視著悅子。

「我也不是自己愛涉入才涉入的好嗎？別管我啦。」

「明明是個校對員，弄那什麼花俏低俗的指甲呀。真沒羞恥心。」

「妳才是吧。明明是景凡社的職員，這身套裝是怎麼回事啊？看起來很窮酸耶。」

怒瞪著悅子半晌後，真糟帶用鼻孔「哼」了一聲，就離開了校對部。之後，悅子被杏鮑菇稍微訓了一頓。啊，不是真糟帶，是貞操帶才對。

四条真理惠在就讀高中時以少女小說的作者身分出道，過了二十五歲之後，則是將寫作路線轉向一般文藝，是一位不曾得過相關獎項的小說界女王——米岡這麼告訴悅子。她現年四十六歲，已經有將近三十年的寫作資歷。改寫一般文藝作品後，她的著作多半是以亞洲各國的史實為背景的嚴肅歷史小說，卻從未得過文學獎。據說，不願為真理惠大師的個人資料中加上得獎記錄的文藝界，讓真理人們感到十分氣憤不平。

「哦～是喔～這樣啊～」

「妳認真聽人家說啦！」

昨晚回到家之後，悅子泡在澡缸裡，思考她明明沒跟藤岩說過幾句話，但後者卻對自己懷抱強烈敵意的問題。她沒能得出答案。另外，倘若真理惠大師真如米岡所言，是一位資深作家的話，應該不會讓藤岩這種沒什麼能力的編輯去負責她的書吧。而這個問題的答案，同樣讓悅子百思不得其解。

換作是平常的話，這兩個問題她都是一下子就會忘掉了；然而，因為紙本校樣的初校花了兩個星期，所以在這段期間，藤岩也頻繁地造訪校對部，和米岡面對面地討論原稿內容，有時還會自己動手校正。這兩個星期，她從來不曾和悅子搭話。悅子還是不明白箇中原因。

「咦，妳真的不記得了嗎？」

把是永的紙本校樣發給外校之後，許久不曾在公司裡迎接午休時間的悅子，和被分發到《C.C》、同時也是前幾天那場聯誼的策劃人的同期職員森尾一起去吃午餐。提及這件事時，森尾露出圓瞪雙眼的驚訝表情。順帶一提，和悅子在同一時期進公司的女性職員，就只有森尾和藤岩而已。

「咦，我做了什麼嗎？」

「入社典禮那時候啊～我們不是說了『東大出身的女孩子讓人不敢恭維耶』這種話嗎？被她聽到了呢。在那之後，她也把我當成仇人看待了。」

「哎呀，討厭啦～那只是因為眼紅才這麼說好嗎～我也好想去念東大喔～」

「我也是啊～可惜沒有考上～」

「真假，妳有報考東大喔？」

「嗯，因為我想去競選東大校花嘛。可是沒考上。」

據說，森尾最後考上的W大學，因為女學生人數較多，所以也有不少外貌比她出眾的女孩，讓森尾最後沒能摘下W大校花的后冠。她會報考東大，純粹是因為「東大的女學生很少，所以或許能當上校花」這種單純的理由。

「反正藤岩小姐一定跟我們合不來，妳也沒必要這麼在意吧？因為很想當文藝刊物的編輯，她之前還去燐朝社、冬蟲夏草社這兩間文藝書籍的主流出版社面試，結果都被刷下來，最後只通過了我們公司的面試。所以才會來這裡上班呀。」

「這樣啊。」

「妳真的對別人的事一點興趣都沒有耶。」

「但我對女性雜誌編輯部的人事異動有很高的興趣呀～」

至今，《Lassy》編輯部依舊不見職位空缺。聽說這陣子雜誌的銷售量不太好，所以公司或許也打算壓低人事成本吧。啊啊，如果能讓我去那邊的部門，無論用什麼手段，我都保證可以提高銷售額的說！然而，悅子的心願還是無法傳達出去。久違的閒聊，讓一小時在轉眼間消逝。到櫃台分開結帳時，森尾開口問道：

「啊，我後天要去韓國取材，妳有沒有什麼想買的東西？」

「我可一點都不羨慕喔！因為我總有一天會飛越韓國，然後到米蘭去！我們走著瞧吧。另外，給我買Skinfood的磨砂膏、The Saem的泡泡面膜、還有雪花秀的美顏修容亮潤露回來吧！」

「好喔～」

步出店外後，面對即使時節已經來到秋季，卻還是有如炎夏那樣刺眼的陽光，兩人不禁同時垮下臉。

在二校稿回來之前，悅子繼續負責著其他原稿的初校作業，同時也繼續參加森尾主辦的聯誼，和男性陣營重複著同樣的交流對話，然後在依舊交不到男朋友的狀態下，一臉厭煩地收下是永是之的原稿。一旁收到四条真理惠二校稿的米岡，則是用閃閃發亮的雙眼凝視著目錄頁。

「忙著處理這種莫名其妙的原稿，結果這一年又在沒有半點收穫的狀況下過去了……」

悅子把紙本校樣堆到一旁，然後無力地趴在桌上。結果，一旁的米岡以幾乎足以惹毛他人的開朗態度拍了拍她的肩膀表示：

「加油！現在離十二月還有一段時間啊。不然，妳乾脆跟貝塚交往吧？」

「寫出那種老套又莫名的書腰文字的人，你有辦法跟他交往嗎？」

「……嗯……抱歉……」

別再抱怨了，趕快工作吧。大衣的卡債還沒繳清呢——悅子這麼想著而抬起頭時，發現藤岩的身影出現在視野之中。她衝進校對部，以悅子過去從未聽過、近乎破嗓的聲音大喊：

「米……米岡先生！米岡先生～！」

「怎麼了～？」

「丸川獎提名！真理惠大師的著作獲得丸川獎的提名了！」

下個瞬間，米岡以幾乎要把座椅彈飛到後方區域（雜誌校對區）的動作猛地起身。幸好他的後方沒人，否則有可能會出現重大傷亡。

「哪部？去年那部嗎！」

「沒錯！就是明壇社出版的《中南半島的少女》！」

一個是外表土氣又樸素的女人，一個則是穿著打扮像鸚鵡般花俏的灰色無性戀者。悅子側眼看著這樣的兩人牽著對方的手開心彈跳的模樣，心中沒有半點感想。

丸川獎由位於音羽的明壇社主辦，是一年一度的文學獎項。跟冬蟲夏草社一年舉辦兩次的大規模文學獎相比，雖然前者的權威性和知名度都不如後者，但因為明壇社算是大企業，有能力提供高額的廣告行銷預算，所以，如果有明壇社出版的書籍拿下了這個獎項，毋庸置疑就會大賣。應該吧。

「吵死了，閉嘴啦！」

圍著室內某個角落的桌子，工作中的雜誌校對小組發出殺氣騰騰的怒吼之後，原本像孩子似地興奮嚷嚷的兩人這才安靜下來。今天是週刊雜誌的終校日。裡頭也有不少成員是外包的校對員。藤岩刻意走向那張大桌子，向眾人誠懇地道歉後，再次回到米岡身旁。

「身為真理人，我們就誠心祈禱自己的願望實現吧。」

「當然嘍！藤岩小姐，妳會去參加等待會嗎？」

「是的，一定會去。」

「好好喔～啊～我也好想去好想去好想去喔～！」

「噯，我說你們，可以去外面聊嗎？」

好不容易想打起精神工作，卻感覺幹勁快要消失殆盡的悅子，忍不住這麼開口。不出所料，藤岩先是一臉不悅地瞪著她，隨後便拉著米岡的手朝外頭走去。你們倆人乾脆交往算啦。

片刻後，米岡獨自返回座位，並朝悅子說了聲「對不起喔」。

「……有這種能讓自己全心投入、支持的事物，感覺真好呢。」

沒有這種東西存在的悅子不自覺地喃喃開口。

「妳不是也有嗎，河野妹？」

「有什麼？」

「我們家出版的時尚雜誌呀。」

「可是，我跟你們不同，沒辦法插手時尚雜誌的工作啊。」

聽到悅子的回應，米岡沉默下來，臉上也浮現憐憫的苦笑。自己一心憧憬、迷戀不已的東西明明就近在咫尺，卻連半個字都無法插手的事實，讓悅子再次感到心有不甘。現在，她只能相信杏鮑菇「只要能認真完成自己分內的工作，人事異動的申請就會比較容易通過」的說法，然後繼續校對眼前的紙本校樣。米岡坐回座位上的同時，悅子也再次將視線移到紙本校樣上。

之後，悅子偷偷上網查了「等待會」一詞的意思。她原本以為這是類似地區聯誼的活動，結果完全不是。所謂的等待會，是由提名作品的出版社的責編擔任總召集人，邀請其他出版社的編輯參加，讓大家一起靜待得獎或落選通知的聚會。完全就是字面上的意思。悅子不禁湧現「可以再取得婉轉一點吧？」的想法。聚會地點有時是居酒屋、有時則是作家的自宅。討厭這種社交場合的作家，則是會獨自去打小鋼珠或是前往風月場所，情況因人而異。作家們都知道自己的責編名字和長相。而且大部分的作家會和責編一起參加這樣的聚會，共享獲獎的喜樂和落選的悲傷。

另一方面，像悅子他們這些被稱為「負責校正的人」或是「校對員」的人，並不會直接出現在作家面前（本鄉大作那時的情況算是非常罕見）。即使嘴上一直喊著想去想去，很清楚自己身分立場的米岡，想必也不會真的到現場去叨擾吧。他會待在一段距離外，為自己深愛的作家獲獎而狂喜，或是因為落選而悲痛不已。

確定得獎後，眾人會接著在等待會的場地舉辦「獲獎派對」，而參與者基本上也以業務和編輯為主。校對部的職員並不會受到邀請。儘管很想參加一次，但即使到了現場，負責的原稿的作家恐怕也不認識自己。悅子討厭這樣的疏離感。

不過，因為過於認真地進行《好像狗》的再校，反而讓她對是永是之這個人產生了興趣。他似乎是位傾向不提供個人資料的蒙面作家，就算搜尋圖片，也找不到相關的照片。Wikipedia上的資料同樣少得可憐。甚至連他的出生年月日都查不到。

——過了實松的勢力範圍秋葉原之後，就是赫赫有名的御徒町。儘管御徒町這個地方和我的生活無緣，我也沒對它抱持什麼特別的感情，但畢竟上野御徒町這個車站相當有名，所以感覺上這個地方連帶跟著有名了起來。儘管有名，但卻無法否定它幾乎不重要的事實。這個地方的名氣就是這麼一回事。

田口隸屬的一族似乎就是御徒町出身。這件事我已經聽他說過五次左右了。跟這個車站同樣缺乏獨創感和新意。田口若有所思地凝望著遠方，帶著有些害臊的笑容表示：

「御徒町的女孩子要是長得不可愛，臉上都會被套上一個恐龍面具。這才是真正的恐龍女吶。開玩笑的。」

這我也已經聽過五次左右了。

人們最應該引以為恥的行動之一，就是等待別人為自己的發言做出反應吧。更不用說再加上燦笑的表情和抬頭仰望對方的動作了（再說，個子比我高出一截的傢伙，到底為什麼還要仰頭看我啊）。這種情況下，除了不甘以外，又多了一股煩躁感，讓我對田口的態度不得不更加冷淡。

換成只有一般忍耐力的人，想必會氣到快要暈過去吧；但在深愛的ＩＳＭ企業跨越過各種難關的我，可以四兩撥千斤地把這些發言略過。至少，我表面上仍是一如往常的酷酷哥。

對了。以前，在吸菸區聊酷酷哥的話題時，田口曾經說過「酷酷哥聽起來跟貽貝好像喔（註2）」這樣的發言。我真的很想吐嘈自稱是搞笑專家的他。

那時，我不小心想像起一顆貽貝刻意裝酷的模樣。陷入一段愛恨交加的關係中的他（貽貝），拋下「我不需要女人、也不需要過度的愛情。因為我只是顆貽貝」這句話之後，便冷冷地轉身離去。想像著這番光景的我，肚皮差點抽筋，也覺得更不甘心了。

他（貽貝）之後是否能找到能讓自己安祥度日的地方，過著平穩的生活呢？因為被兩片蚌殼包著，導致他離去時的模樣看起來相當躁動而忙碌，一點都沒有酷酷哥的樣子。而被拋下的那些女孩，現在是否也依然思念著他呢？想必應該是吧。畢竟他可是身為貝類中的王者，恐怕很難找到足以代替的存在。

總之，田口似乎很中意恐龍面具這個梗；但遺憾的是，我知道這個梗來自於某本四格成人漫畫。我在內心暗自做了絕對不要吐嘈這一點的決定。面對希望能看到我聽完笑話的反應的田口，我完全不打算回應他的要求，更別說是和他分享自己的性衝動了。他可是個會把每天的生殖行為，當成昨晚看過的電視節目那樣報告出來的傢伙。要是看到他把這種事當成我們倆的共通點來發表的模樣，我絕對無法忍受。把生殖行為當成日常茶餘飯後的話題，才能代表我們已經對彼此敞開心房——田口還說過這種會讓他人選擇緊閉心房的話。無論是生殖行為或性衝動，我都只想把它們藏在內心深處，然後用剛拆封的新毛毯輕輕掩蓋住——

能夠想出這種故事的人，究竟有著什麼樣的思考回路？雖然很想問問這部作品的責編，但沒想到對方竟然是文藝編輯部的部長。職位晉升到部長等級之後，沒有意外的話，通常只會負責超知名作家的書籍。根據Wiki上頭的資料，是永是之目前出道五年，還是個新人。這是為什麼？難道是永是之其實是個超高齡作家？又或者是部長的兒子？不對。倘若真的是部長的兒子，應該也不會拜託爸爸擔任自己的責編吧。更何況，是永是之是透過其他出版社出道的（畢竟景凡社沒有規劃純文學的新人獎）。

註2：兩者日文發音相近。

基於這樣的動機，悅子有點想去參加獲獎派對。可是，想到應該不太可能見到他本人、或是和他說上幾句話，以及剛才已經提過了，她不想體驗那種疏離感。

在丸川獎的提名出爐又過了十天後，舉辦選拔會的日子到來了。午休時間結束後，幾天不見的藤岩再次造訪校對部。

「怎麼辦，米岡先生……我好緊張喔！」

「我也是啊！怎麼辦呢！等待會是在哪裡舉辦？」

「是一間叫做艾倫．社卡斯的餐廳。我剛才收到簡訊通知了。」

一邊以眼角餘光瞄著這兩人、一邊從旁聽他們對話的悅子，此時忍不住懷疑起自己的耳朵。她開口問道：

「……要在那麼高級的地方辦喔？」

「啥？這跟妳無關吧？妳是在羨慕嗎？」

「也不是羨慕啦，不過，不是社卡斯，是杜卡斯才對。還有，其實那間餐廳叫做『Beige』，艾倫．杜卡斯是拿下米其林三星的主廚的名字。因為妳看起來好像不知道，所以我順便告訴妳吧。那間店位於銀座香奈兒大樓的最高樓層，是一間午餐價位一萬元起跳、晚餐價位兩萬元起跳的餐廳喔。妳知道所謂的『著裝要求』嗎？妳打算穿這樣過去？」

今天，藤岩依然穿著肩寬不合、樣式土氣、讓人很想問她到底從哪裡買來的一襲套裝，腳上套著鞋跟已經磨損，看起來黯淡又老舊的黑色跟鞋。頭髮則是用一條橡皮筋綁住，臉上甚至脂粉未施。如果讓悅子做這種打扮，她想必會羞恥到連香奈兒大樓的入口都不敢靠近吧。不，應該說連踏入銀座的勇氣都沒有。臉頰微微泛紅的藤岩挑眉反擊：

「不管在什麼樣的場合，套裝都是很正式的服裝啊！」

「不對，妳身上這套只是工作服罷了。妳都不會覺得不好意思嗎？」

「我可沒有腦袋空空到只能努力妝點外表。」

「妳要面對的不是我，而是在Beige這種店裡等待獲獎佳音的作家喔。妳是要以四条老師的責編身分參加對吧？也就是說，妳將會是四条老師的同行者對吧？考慮一下自己的立場吧。妳覺得店裡的人會有什麼想法？我再說一次，那可是在銀座香奈兒大樓的店喔。是日本的旗艦店喔。啊，還是說妳沒聽過香奈兒？我可以從創辦人可可·香奈兒的生平經歷開始說明給妳聽喔？」

「……」

藤岩沉默下來，將視線從悅子身上移開，轉而以求救的表情望向米岡。米岡是個格外注重服裝的人，時常會穿一些很可愛的衣服。從連指尖都有細心保養這點，可以看出他對「美」的堅持。單就外表而言，米岡算是跟悅子同類的人。似乎是現在才察覺到這一點的藤岩，不禁因錯愕而屏息。

「我……這樣會對真理惠大師很失禮嗎？」

米岡一臉困擾地望向悅子。看到後者不吭聲，他只好露出八字眉的表情回答「我覺得可能有點失禮呢」。好。說得很好，米岡。

「藤岩小姐。妳或許有妳的原則，但畢竟那是一間普通人很難得有機會造訪的店。像隸屬於校對部的我跟河野妹，就算想去也無法如願；因為妳是編輯，所以可以用公費去裡面吃喝喝。這樣的話，我覺得穿著適宜的服裝前往，才能盡興而歸呢。」

說得太好了，米岡——悅子再次這麼想。說自己不羨慕是騙人的。其實，悅子羨慕到都快腸絞痛了。自從在《Lassy》上看到Beige開幕的報導後，它就一直被悅子列入想去的餐廳行列。如果可以的話，她很想穿著香奈兒的洋裝去那間餐廳，但畢竟自己沒有那麼多錢，所以，買了香奈兒的鞋子或包包後，拎著香奈兒的紙袋坐在那間餐廳裡，成了悅子的夢想。對悅子而言，Beige就是這麼特別的一間店。然而，對這間店一無所知、甚至連店名都搞錯的藤岩，竟然要以彷彿已經在就職活動中被三百間公司刷下來的大四學生的打扮，前往自己夢寐以求的餐廳。這樣的事實，讓悅子不禁心頭湧現一把火。

「可是，我的衣服就只有這件、還有居家穿的運動服跟運動外套……」

「妳很窮嗎，藤岩小姐？」

聽到米岡直接過頭的提問，悅子的怒氣好不容易消散了一些。然而——

「我的父母親一直告誡我『太愛打扮的話會變笨』，所以……」

藤岩這句音量小到像蚊子叫的回應，再次踩到悅子的地雷。她忍不住一把揪起藤岩的手臂，將後者拖出校對部。

「討厭，放開我啦！」

「妳是白癡嗎？妳以為時尚是為了什麼而存在的？直到自己結婚的時候，妳都要遵守父母的教誨，然後穿上這件俗氣的套裝？依照妳父母親的論點，結婚禮服不就是愚蠢至極的服裝了嗎？肩膀跟鎖骨處完全坦露在外，頭上還要用花朵或蝴蝶結裝飾。裙襬長到拖在地上，而且可能還縫上了一堆亮片。穿上這種衣服，就會一口氣變成笨蛋了？不對，笨的是妳和妳的父母親啦！」

悅子揪著藤岩的手，踩著高跟鞋從一階階的樓梯往下，走進《C.C》編輯部裡頭的女性雜誌編輯部。

「不好意思，請問森尾在嗎！」

在入口處這麼放聲大喊後，森尾從辦公桌上堆積如山的資料叢林後方探出頭。悅子輕輕一鞠躬之後，拉著藤岩的手臂直奔森尾的座位。

「咦？藤岩小姐？為什麼？」

森尾圓瞪著帶有深邃黑眼圈的雙眼，交互望向悅子和藤岩的臉。她今天的臉色看起來也有如瀕死那麼糟糕。辛苦了。

「這個人今天要去銀座的Beige。穿這樣去喔！」

「咦？真假？太瞧不起人了吧？」

「借她衣服跟鞋子吧。你們應該有一些從別的地方借來的商品吧？」

「啊～雖然沒有借來的東西，但剛好有不少在昨天的攝影結束後買下來的衣服呢。」

森尾搖搖晃晃地起身，走到靠牆並排的衣櫃前方。打開衣櫃的門之後，幾個紙袋滾了出來，裡頭五顏六色的衣服也跟著散落一地。悅子從中拾起一件造型簡素的黑色連身裙，將它抵在因恐懼而表情僵硬的藤岩身上比了比。雖然正面看起來很樸素，但後方露背V領蝴蝶結的設計很美。穿這件就可以了吧。

「藤岩小姐，妳的腳多大？」

森尾一邊從衣櫃上方拿下鞋盒，一邊這麼問道。

「二十三公分……」

「啊，跟我一樣。太好了。」

打開鞋盒後，裡頭放著一雙造型簡約的黑色亮皮方頭高跟鞋。約八公分的金色鞋跟經過消光處理，還設計成貓腳的模樣。看到這雙鞋，悅子不禁發出近似於慘叫聲的尖叫。

「這什麼啊，好可愛！賣給我！我也剛好穿二十三公分的鞋子！」

「啊，那妳穿完之後就轉交給悅子吧，藤岩小姐。」

「咦，可是這雙鞋不是森尾小姐的嗎？」

「買來試穿過後，我就已經覺得心滿意足了呢。」

面對出乎意料的戰利品，悅子擺出雙手握拳的勝利姿勢。一旁的森尾則表示「我現在超忙的，接下來的妳去拜託今井吧」，然後準備回到座位上。

「非……非常感謝妳。」

聽到藤岩連忙補上令人意外的這句話，原本憔悴不堪的森尾，像是稍微取回活力似地露出了菩薩般的慈愛微笑。

咦～真的有夠誇張耶。這種稻草頭是怎麼回事呀？妳有好好在保養嗎？妳一定是頭髮還沒乾就睡了吧？「自然乾燥的方式會對髮質比較好」這種說法，可是認為「用吹風機就會變成流氓混混」的古早年代的大人所想出來的騙術喔。如果沒有確實用熱風把頭皮一起吹乾的話，就可能引起頭皮屑或是頭皮搔癢的症狀，連帶讓頭髮失去光澤呢。而且，妳的臉又是怎麼搞的？如果堅持不化妝，我是不反對啦，但至少也要處理一下毛孔和汗毛吧。沒有男人會喜歡女孩子未經修飾的真正樣貌喔。就算有，對方也會同樣是能毫不在意地當著女孩子面前放屁的男人。這種男人將來只會變成臃腫又骯髒的中年人。還會說「我當初都接受妳原本的樣子了，所以妳也該接受我原本的樣子啊」這種話。唉～真討厭，說得我都快吐了。話說回來啊～跟我同居的男朋友最近開始變胖了呢～明明是個只有外表和身家財產是優點的男人，要是發胖的話，不就沒有半點價值了嗎？拜託你有點自覺啦——該怎麼開口，才能把這種想法婉轉又溫柔地表達出去啊～

今井在一樓的員工廁所一邊滔滔不絕地道出毒辣的評論，同時用兩支電捲棒將藤岩的頭髮確實弄捲之後，像是施魔法般插入小黑夾和U型夾固定，完成了公主頭的造型。再花五分鐘替她上妝後，今井看著藤岩倒映在鏡中的模樣，滿意地用鼻子哼了一聲。

「就算發福了，只要有錢，不就好了嗎？」

「啥？我的老家都還比他有錢呢。」

「那妳為什麼要出來工作呀，今井？我之前就一直很不解呢。」

「為了學習社會經驗，伯父要我稍微試著工作。」

今井口中的伯父，便是景凡社的執行董事。像個蠟人般僵硬的藤岩，在細細凝視鏡中的自己後，忍不住說了一句「好令人害臊啊」。

「撐過一小時之後，妳就會習慣啦。好好喔～Beige。我這陣子都沒去呢。雖然亞曼尼旗下也有餐廳，但我還是比較喜歡Beige的餐點跟裝潢呢～」

今井一邊將化妝用品收回櫃子裡，一邊若無其事地道出感想。這讓悅子心中燃起了熊熊妒火。總有一天，我要用自己賺來的錢踏進Beige。妳就好好看著吧，小丫頭。

趁著等電捲棒冷卻的空檔把電線捲起來時，藤岩望向悅子開口：

「……這是我第一次體驗化妝，還有把頭髮弄捲。」

「咦？那妳參加成人式的時候呢？」

「我那時去短期留學了。」

「七五三（註3）呢？」

「因為我家很窮，所以當初沒能穿上和服。」

聽到這裡，悅子和今井說不出話，只能面面相覷。在這片沉默中，藤岩再次端詳自己在鏡中的模樣，然後像是說給自己聽似地繼續開口：

「我一直只顧著唸書……不過，原來也有這樣的世界呢。」

「呃，應該說我們公司原本就比較偏向『這樣的世界』吧。畢竟是以女性雜誌為主力出版物，從女性職員的打扮也看得出來呀。」

「所以，到底要不要進入景凡社工作，當初也讓我苦惱了許久。我原本打算延畢，然後

註3：在孩童年滿三歲、五歲、七歲時，讓他們穿上和服前往神社祈福的日本習俗。

隔年再參加燐朝社和冬蟲夏草社招攬應屆畢業生的面試。不過，就算是國立大學，延畢也還是要繳交學費。而且，真理惠大師也曾經為景凡社執筆過一本作品，所以，自己有朝一日或許能負責她的原稿——我是因為這樣的理由才進入景凡社的。」

還是個國中生的時候，藤岩便一直寫粉絲信給四条真理惠。在超過一百封的書信中，她只有一次收到了回信。那封在高一時寫到「我將來一定會成為一名文藝編輯，屆時希望老師能讓我負責您的作品」的書信，最後得到了只寫著短短一句「我會等妳」的明信片回應。藤岩便是以這句話做為自己的動力，在拚命唸書後考上了東大的文學部。畢業後，透過藤岩的粉絲信，得知她進入景凡社工作的四条真理惠，還特地要求編輯部幫她替換責任編輯。而且，交給藤岩的那份原稿，是四条真理惠從她進入景凡社之前就開始動筆的作品。同時也是米岡目前在校閱的那份原稿的樣子。

「……原來如此啊～我也應該在學生時代開始就不停地寫信給《Lassy》編輯部才對呢～」

「哎喲，好好的一段故事，氣氛都被妳破壞掉了啦！」

眼眶有些泛紅的今井，毫不客氣地捶了悅子的肩膀一下。雖然給藤岩取了「貞操帶」這種蔑稱，但從今井為了前者感人的過去而動容的反應看來，她其實應該是個本性善良的千金大小姐吧。而藤岩對於文藝——或說是對於四条真理惠的熱情，則和自己對於時尚雜誌的熱情相當類似。可是，兩者並不一樣。藤岩實現了自己的夢想。但如今悅子卻不是待在時尚雜誌部門，而是校對部。

將一臉難為情的藤岩送回編輯部，看過男性編輯們一片譁然的反應後，悅子懷著完成一件工作的痛快感（但實際上她什麼工作都沒完成）、以及必須返回自己的部門工作的無力感，前往外頭的咖啡廳買飲料。一名男子在櫃台前等待結帳。這名點了焦糖瑪奇朵之後，在泛紅的燈光下方等待飲品調製完成的男人，讓悅子無法移開自己的視線。

這張臉完全正中我的好球帶！服裝打扮也無懈可擊！唯一讓人扣分的地方，可能就是他的爆炸頭髮型了吧。可是，他的長相帥氣到足以蓋過爆炸頭帶來的震撼印象呢。而且，他的服裝打扮看起來不會過於做作、但也不會不修邊幅。如果用雜誌的宣傳文字來形容，大概就是「有魅力的男人即使隨意舉手投足照樣能正中妳的心」的感覺吧。

悅子不自覺地點了跟這名男子同樣的飲品，並在男子離開後取而代之地站在泛紅的燈光下方等待。離去之際，男子朝她瞄了一眼。悅子瞬間感覺有一道電流從背後竄過。她更確定這就是戀愛了。

「噯，那位客人很常來這間店嗎？」

悅子將上半身探進櫃台，這麼詢問正在倒牛奶的青年。

「不，我是第一次看到他呢。一般來說，要是看到頂著爆炸頭的客人，也很難忘記嘛。」

沒轍了。就算來這間店，也無法遇到他。接過自己的飲品後，悅子踩著沉重的步伐返回公司。然而，門口的自動門敞開的同時，她看見在三分鐘之前讓自己墜入情網的爆炸頭走向電梯大廳的背影。悅子不禁「咦！」地驚叫出聲。不過，她急急忙忙地衝過去時，位在大門另一端的電梯大廳中已經不見對方的身影。

「今井，剛才那個爆炸頭是我們公司的職員嗎！」

悅子開口詢問返回服務台的今井。

「咦～不是啦。他剛才在這邊申請了訪客通行證。」

「那個人是誰呀？超帥的耶。」

今井皺起眉頭回以「會嗎～？」然後打開收納通行證申請表的檔案夾。

「咦，這個名字要怎麼唸啊……『Zeeize』？」

想早點知道答案而焦躁不已的悅子，從今井手中搶過申請表，看到寫在上頭名字的瞬間，因過度錯愕而讓表格從手中滑落。

『簡直糟糕透頂！只有我一個人打扮過頭了！雖然有被真理惠大師稱讚「妳打扮得好可愛呢」，但在場沒有任何一個編輯穿得這麼高調！我真是太蠢了，才會相信妳說的話！』

晚上十點，被米岡拖著一起等待四条真理惠獲獎的消息時，悅子一接起電話，藤岩的尖聲嚷嚷便傳入耳中。她將話筒遞給米岡，托著臉頰，再次將視線移回紙本校樣上。

——會寫出這種文章的人，到底生著什麼樣的腦袋啊。

過去的這個疑問現在得到了解答。是頂著爆炸頭髮型的腦袋。

——那個霹靂無敵帥的爆炸頭，就是寫出線型馬達牛這種東西的是永是之。

「能被真理惠大師稱讚不是很好嗎？那麼，結果呢？」

——那個霹靂無敵帥的爆炸頭，就是寫出愛裝酷的貽貝這種東西的是永是之。

「……嘎——————！」

在一片昏暗的校對部裡，米岡發出活像是遇到強盜的慘叫聲，然後猛地起身。那力道之大，感覺被他彈開的座椅幾乎足以將後方的桌子撞爛。接著，他握著話筒蹲了下來。

「……所以，我們現在的工作，就會變成大師獲獎後的第一本作品嘍……嗯……我們一起把它變成最棒的作品吧，藤岩小姐……我也覺得能參與這本書，是很幸福的事呢……嗯，嗯。交給我吧。」

是嗎，得獎了啊——悅子以不關己事的態度想著。雖然這的確也不關己事就是了。模糊地掌握到這樣的事實後，悅子將紙本校樣收進抽屜裡，起身準備回家。

「真是太好了呢。」

對放下話筒的米岡這麼說之後，他用手指抹了抹眼角以「謝謝」回應。

「會覺得不甘心嗎？如果自己也是編輯，就能跟四条老師待在同一個地方，然後即時和她分享這股喜悅了。你不這麼想嗎？」

「我只想當一名粉絲就好了。所以，光是現在的工作，就讓我很滿足嘍。」

「這樣啊。」

就算想更靠近、無論多麼喜愛，校對員都不能對「原稿」灌注過多的情感。也不能對產出「原稿」的作者表露出自己的人格。只能持續進行將目標整頓得正確無誤的作業。這樣的話，校對員該怎麼拉近自己跟作者之間的距離才好？悅子並不想變成文藝編輯，更何況，她的閱讀量也無法讓她擁有這樣的頭銜。

「妳會問這種問題，感覺很罕見耶。」

「嗯。因為現在有個讓我想務必見上一面……或說是和他拉近距離的作家。」

「咦！是誰？」

「是永是之。」

「真～的～假～的～？他的原稿這麼有趣嗎？」

或許有些人會覺得有趣吧。不過，如果把是永是之是個超級型男的事告訴米岡，感覺就會被他糾纏個半天，所以悅子沒有回答，只是拎起自己的包包，揮揮手對他說聲「辛苦嘍」。沒有繼續追問，同樣揮手向她告別的米岡，感覺還會繼續留在辦公室裡，然後沉浸於真理惠獲獎的餘韻當中吧。

步出公司大樓後，寒冷的晚風迎面而來。自己在今年結束之前墜入情網了。這種染上粉紅色的事實，讓悅子露出開心的表情，前往車站的腳步也變得輕快起來。今天就買個比往常貴一百圓的布丁回去吧。

第三話

校對女王與時尚教主與爆炸頭

悅子的研習筆記 其之三

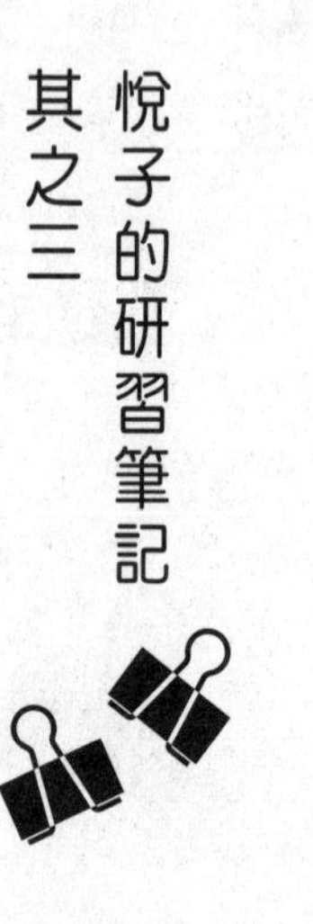

【標音】漢字旁邊用來標示讀音的小字。一詞源自於紅寶石（Ruby）。好可愛喔！分別有兩種「標註方式」和「排版方式」。字元大小基本上是註記標音的漢字（所謂的母體漢字）的一半。

標註方式↓對所有漢字加上標音時稱為「全標音」；只選擇替艱澀的漢字加上標音時稱為「部分標音」。

排版方式↓針對連續排列的漢字，把標音平均分配（等間距）給每個漢字的排列方式稱為「等距排版」；針對不同漢字，分別將讀音標註在字體旁的排版方式，稱為「單字排版」。

每位作家的行文風格都各有不同。有些人不愛用標點符號、有些人則是動不動就插入標點符號。或是喜歡寫一堆漢字的人、以及偏好用片假名來撰寫文章的人。

一般情況下，景凡社內部會使用「校對指示文件」這種東西傳達編輯的指示（關於作家寫作風格的說明）。不過，也有沒做好這方面的交接工作的編輯存在。就是貝塚。

「都跟你說這不是我的錯了！是因為你沒提供校對指示好嗎！我只是遵照我們部門的規定，用鉛筆替漢字加註而已耶！」

「妳懂得察言觀色嗎，寬鬆世代！什麼叫『漢字太多會造成閱讀困難，這樣可以嗎？』啊！未免太直接了吧！」

「因為真的很困難啊。就算是寬鬆世代的我，也知道一般讀者的解讀能力落在哪裡好嗎！因為我就是一般讀者啊！還有，我已經說過很多次了。你可以不要厚臉皮到完全不看我交出去的校樣，就直接把它丟給作家嗎！這樣我會很困擾耶！」

「我跟妳不一樣，總是馬不停蹄地忙著招待老師們吶！還因為這樣每天都宿醉！」

「誰管你啊，白癡！我還不是每天都只能吃便利超商的東西果腹！」

「關我屁事啊！妳是因為買了太多衣服，才會變成這種窮光蛋吧！」

「時尚才是我的人生指標啊～」

「明明只是個校對員～明明不是時尚雜誌部門的職員～啊～好口年（可憐）喔～」

「少囉唆混蛋！趕快往生然後被送進焚化爐啦！最好沒辦法超生，在三惡道之間不斷輪迴吧，你這個下品下生（註4）！」

【校對】檢查原稿或印刷品內容的誤植或不合理之處，並予以修正的行為。「——文章」。

出自《明鏡國語辭典》

順帶一提，「只是用鉛筆替漢字加註」的「加註」，是指替漢字加上標音的動作。如果遇到一個句子裡頭出現很多連續的漢字、或是漢字多到可能造成閱讀障礙的狀況，雖然處理方式因人而異，但校對員多半會提出「加註」的建議。

貝塚負責的這部小說，是因為塞滿漢字而讓頁面看起來一片黑壓壓的嶄新佛教小說（描寫帝釋天、梵天和阿修羅的三角關係的愛情小說。完全無法理解作家鎖定的是哪種僧侶……不，哪種族群的讀者）。在上午將校對作業告一段落，然後發給外校後，悅子獨自前往燒肉吃到飽的餐廳。在她填飽肚皮、怒氣也稍微平息之後，新的工作交到了悅子手上。

「……出現了──────！」

她接過比內容一絲不苟的校對指示文件還薄一些的紙本校樣，看到上頭的書名和作家的名字之後，忍不住發出高亢的尖叫聲。同時，剛才跟貝塚之間那些令人火冒三丈的對話，也從腦中煙消雲散。

「怎麼了？」

「這個……是在《Lassy》上連載的時尚隨筆呢……終於要出成單行本了嗎……登紀子大師！」

悅子以顫抖的嗓音望著一臉詫異的米岡這麼答道。一心渴望成為粉領族雜誌《Lassy》的編輯，因此進入景凡社工作的悅子，當然也是這本雜誌的忠實讀者。在八年前開始連載的這個隨筆專欄，她也從一開始第一回就拜讀到最後，而且直到現在都還幾乎記得每一期的內容。

「……要不要換我接手？」

米岡皺眉詢問悅子。

註4：佛教的九品往生階級中最下層的往生者。

「為什麼？」

「之前，我在校對真理惠大師的原稿時，妳不是有說過嗎？『如果負責的是自己喜歡的東西，就沒辦法精確地進行校對工作』這樣。」

「不，我會負責。」

聽到悅子的回應，米岡罕見地露出壞心眼的笑容。

「看吧，妳也是這種反應嘛。這樣的話，妳就能明白我當時的心情了吧？」

我才不會變成你那副德行呢——悅子在內心這麼想著，然後撇頭，將視線移往指示文件上。上頭寫著一個她沒看過的編輯的名字，下方還有一行類似公司名稱的文字。啊，原來這不是經由內部編輯之手，而是外包給外包編輯公司的原稿啊。難怪還附上一份這麼詳盡的指示文件。明白這一點之後，悅子懷著激動不已的心情翻開紙本校樣。實際上，開始閱讀內文後，她便因為懷念而感到眼眶一陣溫熱，背脊也瞬間一顫。

八年前，悅子還是個在北關東的公立高中念書的女高中生。可怕的是，她所居住的那個小鎮裡，還存在那種頭頂飛機頭、腳穿文旦褲的不良男高中生，以及擦著鮮紅色口紅、腳踩高跟鞋、穿著超長裙的不良女高中生。以及會在這些學生畢業後負責看顧他們的人——燙著像大佛螺髮那種短捲髮，身上還有刺青的大人。這種人總會坐在車站附近的咖啡廳裡，邊抽菸邊看賽馬報紙。在這樣的小鎮裡，悅子出生在經營一間大型超市的家中。

通學時搭乘的電車只有三節車廂。除了比較爛的高中、普通高中、以及升學高中這三所學校的學生以外，通勤的上班族也多半會在相同的時間帶上車。擠在必須按壓下車鈕才能讓車門開啟的電車裡，三年以來，悅子滿腦子都是要到東京去的想法。

和學校隔了兩站的地方，有一間市立圖書館。裡頭也有雜誌類的藏書。會定期購買雜誌閱讀的悅子，就讀小學時，看的是鎖定國中生為讀者的雜誌（SisTeen）；就讀國中時，看的是鎖定高中生為讀者的雜誌（E.L.Teen）；就讀高中時，看的是鎖定大學生為讀者的雜誌（C.C.）；就讀大學時，看的是鎖定粉領族為讀者的雜誌（Lassy）。不過，其實她也會到圖書館翻翻比自己的年齡層再往上兩級的雜誌。所以，打從高一時，悅子就開始在圖書館閱讀《Lassy》了。

住在東京的幹練粉領族，總是能把走在流行最尖端的服裝做出千變萬化的搭配，讓自己一整個月都能有不同的穿搭。還會用造型有如珠寶盒那般可愛的化妝品上妝。穿著自己珍藏的連身裙的那個日子，則會和開著義大利敞篷車到公司外頭迎接自己的帥氣男朋友約會。有時則是換上休閒風的牛仔褲打扮，和女性友人一起大啖平民美食（就連出現在這本雜誌裡的咖哩南蠻烏龍麵，看在她的眼裡，都像是充滿異國風情的義大利寬扁麵）。在能夠遠眺動人夜景的酒吧裡，和友人談論祕密戀情的同時，被散發著危險氣息的帥哥搭訕。對當時還是個高中生的悅子來說，《Lassy》是個伸手無法觸及的遙遠夢想。

雜誌一開始的部分，是貴婦的愛用品牌「Toxxy」的代表人Fraeulein（註5）登紀子的時尚隨筆專欄《淑女的指南針》。不過，與其說這是探討時尚的隨筆專欄，不如說是指導讀者如何成為一名高雅又可愛的淑女教科書。成熟的愛情故事、服裝打扮的話題、關於Fraeulein登紀子第二個家鄉巴黎的故事。每期約莫一千字出頭的短短文章，總是充滿著這類的夢想。另外，雖然以巴黎為第二個家鄉，自己卻取了「Fraeulein」這樣的筆名，據說是因為登紀子有四分之一的德國人血統。遺憾的是，在悅子進入景凡社的同時，這個連載專欄也結束了。現在是由最近開始闖出名號的造型師負責在同一頁面連載文章。

看到兩百頁的部分，約莫花了悅子兩小時的時間。一如米岡所擔憂的，她只是把紙本校樣「看過去」而已。悅子記得所有隨筆的內容。就連刊登每一篇隨筆的雜誌當期的特別報導、以及封面模特兒的長相，她都記得清清楚楚。從《Lassy》畢業的模特兒們，有時會在比《Lassy》高一級的雜誌《Every》、甚至更高階的雜誌中亮相。不過，對悅子來說，她們永遠都是《Lassy》的模特兒。

悅子百感交集地嘆了一口氣，用長尾夾把校樣夾緊固定。同時，米岡的聲音從隔壁座位傳來。

「妳也是直接把校樣看過去了嘛。」

「嗯……真的會變成這樣呢……」

悅子甚至覺得，這份透過編輯之手細細修飾、校潤過的稿子，已經不需要她再補充什麼了。只是，不知為何，在看完原稿後，她並沒有湧現滿足感。

——碧姬．芭杜的故事。

不是配戴寶石首飾，而是讓吻痕陪伴自己前往馬克西姆餐廳用餐的女人。

出身於法國富裕家庭的她，選擇踏入演藝圈的世界，是一名以性感尤物的形象長期稱霸電影界的女演員。換成在日本的話，對於在富裕家庭中成長的名媛而言，演藝圈或許是個一輩子都和自己無緣的世界吧；不過，義大利的貴婦卡拉．布魯尼雖然同樣啣著金湯匙出生，還擁有貴族親戚，她卻選擇以模特兒的身分出道，之後還轉換跑道成為歌手。如同各位所知，在這段期間，她和凱文．科斯納、以及巴黎國立高等音樂舞蹈學院出身的俊美演員熱戀的緋聞，都曾被媒體大肆報導。儘管如此，她仍在幾年前獲得了薩科吉總統夫人的寶座。出身於歐洲富裕家庭的女性，都會毫不猶豫地將自身之美在狗仔隊面前曝光。

我之所以提及碧姬．芭杜，是因為Toxxy差不多要開放今年的皮草訂製服務了。

註5：德文的「女士」之意。

碧姬．芭杜是反對皮草的先驅。從動保的觀點來看，剝下兔子或浣熊的毛皮，再將其加工成大衣或披肩，是極其殘忍的一種行為。不過，各位能想像皮草從時尚走秀之中完全消失的情境嗎？

啊啊，這樣的伸展台，看起來會是多麼冷清又寒酸呢！

更何況，目前世上並沒有更勝於皮草的禦寒材質。羽絨衣穿起來雖然也很暖和，不過，想在現今的日本市場找到一件有著優雅設計、能夠讓人穿著去參加宴會的羽絨衣，恐怕是難上加難。日本的冬天相當寒冷。不過，日本冬季的室內，都有著能讓人穿短袖活動的暖氣設備。穿上喀什米爾毛衣外出，結果在逛百貨公司時悶到出汗。這樣的經驗，我想各位都曾經有過吧——

悅子經營大型超商的老家，原本是一間酒類專賣店。幸運的是，那一帶並沒有郊區型的大型量販店進駐，所以家中的超市生意還算不錯，悅子至今也一直未曾體驗過經濟困窘的問題。即使是學費高到不像話的聖妻女子大學，她也不是靠獎學金，而是由父母出錢讓她入學，然後念到畢業。在外頭租屋的租金全靠家中資助，念大學的四年之間，悅子也不需要特地去打工。

不過，聽聞藤岩的過去之後，悅子開始思考——像自己這樣的大學生，在全國的大學生人口之中究竟佔有多少比率?閱讀《淑女的指南針》的初校校樣時,她再次回想起藤岩說過的話。

——因為我家很窮,所以七五三時也沒能穿上和服。

在悅子至今校對過的小說裡頭,當然也曾出現過窮困潦倒的登場人物;至於晚上有一搭沒一搭觀賞的電視劇,撇開誇大的劇情不談,其中確實也看得到貧窮的弱勢階級。然而,在現實生活中發現自己身邊真的有這種人,依然讓悅子感受到不小的震撼,也同時為「貧窮」兩個字給人心帶來的破壞力感到吃驚。像藤岩這樣的人,恐怕連Fraeulein登紀子的名字都不曾聽過吧。在藤岩的腦中,甚至可能不存在「服裝品牌的社長親筆撰寫文章」這種事情。

儘管日本的景氣曾一度回溫,但約莫八年前發生的金融海嘯,又讓經濟發展一度跌落谷底。Fraeulein登紀子這樣的文章,真能讓體驗過困苦的底層生活的讀者看得開心嗎?

「妳還是老樣子,一言一行都很失禮呢,河野小姐。」

「妳也是老樣子的土裡土氣呀,藤岩小姐。」

「妳給我閉嘴。說起來,校對員應該沒有必要去在意原稿內容合不合讀者的胃口吧?」

「話是這麼說沒錯啦~」

「是說,妳可以回自己的部門去嗎?妳妨礙到我了耶。」

藤岩位於文藝編輯部裡頭的辦公桌,旁邊緊鄰著另一張工作桌。樣書和紙本校樣在桌面上堆疊成好幾座高塔，要是發生地震，後果恐怕不堪設想吧。被悅子擅自坐在屁股底下的這張電腦椅，緩衝用的彈簧已經故障了，椅腳底下的滾輪也因為生鏽而無法滾動。地上到處堆放著妨礙通行的紙箱，恐怕是每個部門都看得到的光景吧。悅子回想起當初只是從外頭眺望這棟大樓的自己。看起來壯觀漂亮的一棟建築物，裡頭卻是這番慘狀——在進入景凡社之前，她壓根沒想像過這樣的事情。

「就像是真理惠大師的書陪伴妳長大一樣，我啊～也是跟登紀子大師一起一路走過來的呢。雖然登紀子大師設計的衣服太貴了，我買不起，但這八年以來，我都是遵從她的教義在生活呢。」

無法將內心感受說明得更貼切，讓悅子有些焦躁。不過，東大畢業的藤岩應該能理解她想表達的意思吧。但她如此的期望落空了。藤岩將視線移回顯示在電腦螢幕上的書封設計PDF檔，以「是是是」隨便敷衍她。

「可是啊～我認真重新看過校樣之後啊～總覺得登紀子大師的文章好像有哪裡不對勁呢。」

「這種事妳應該去找森尾小姐，而不是對我說吧？更何況，我根本不知道妳口中的登紀子大師是誰耶。」

「因為森尾一直忙著終校，結果現在變得像個瀕死的納美人一樣嘛。」

而且，儘管身為時尚雜誌編輯，森尾卻是反登紀子派。理由是Toxxy的衣服質感不值得那樣的高價。真要計較這一點的話，國外大多數的知名品牌的衣服，ＣＰ值恐怕也都不成比例。不過，森尾卻固執地只仇視Fraeulein登紀子一人。她說登紀子經營的不是品牌而是宗教。

「噯～妳覺得要怎麼做，才能讓更多人去看她的書啊？該怎麼做，才能讓更多人喜歡Fraeulein登紀子呢？」

「妳去拜託業務吧？是說，妳真的很礙事耶，拜託妳回去好嗎？」

前來討救兵的悅子，最後被藤岩趕出了編輯部。

讓悅子產生的異樣感，就是不同時代的感受差異。雖說八年前的大環境和現在不同，但這些文章，可是直到兩年前都還在連載。

濃縮在一千字出頭的簡短文章裡頭的夢想。許多人都會為了實現夢想而努力。然而，在現實世界中，無法達成夢想的人遠佔大多數。就連悅子，也是為了成為《Lassy》的編輯而進入景凡社，但不知何故被分發到校對部，因此無法實現夢想的其中一人。

悅子把紙本校樣影印了一份帶回家，然後將它攤開在放著便當的小茶几上。下一刻，她聽到樓下傳來「小悅～」的呼喚聲。踩著又窄又陡的樓梯往下後，她看到身為房仲的加奈子若無其事地打開玄關大門，並開始在脫鞋處脫下腳上的鞋子。

「我說啊……雖然這間房子受貴公司管理，但畢竟簽約承租的人還是我耶。妳可以不要隨隨便便開門進來好嗎？」

悅子目前的住處，是位於東京東側某條商店街一角的獨棟建築。房子相當老舊又狹窄，一樓還是販賣鯛魚燒的店面。因為女兒移居海外，中了彩券的房東夫妻就把店收起來，聽說現在搬到信州過著悠閒的生活。以東京都內的獨棟建築來說，這裡的租金可說是史無前例的便宜，所以悅子毫不猶豫地承租下來了。不過，加奈子卻一時興起，附帶了「必須讓她在一樓的店面販賣鯛魚燒」的條件。從某方面來看，或許也算是「另有隱情」的房子吧。

「咦～因為房東送了點心給我，所以我才想拿過來分妳吃耶。是Pastel的布丁喲。而且一個人能吃三個呢。」

「對不起，請讓我品嚐吧。」

領著加奈子入內後，悅子泡了茶，和她在一樓的老舊餐桌面對面地坐下來，一起打開布丁的蓋子。

「噯噯，在那之後，妳有再遇到那個爆炸頭嗎？」

「沒有耶～」

從坐電車兩站就能抵達的短期大學畢業後，比悅子小兩歲的加奈子，進入跟老家位於同一個城鎮（商店街）裡的房仲業工作。她的每一天似乎都過得相當平凡無奇，所以動輒就想聽悅子聊自己的日常生活。再加上悅子似乎跟原本住在這裡的房東女兒很像，因此就更喜歡黏著悅子。

「住在這棟房子裡的人，命中註定要跟爆炸頭的對象交往。所以妳一定能成功的。」

「咦，房東的女兒在跟爆炸頭交往嗎？」

「嗯。對方是個天生爆炸頭的外國人相撲選手。」

這還真是罕見的案例。而且，這般詭異的命中註定，八成完全不值得相信。

一邊討論爆炸頭，一邊吞下一個布丁後，悅子從二樓拿下自己吃到一半的便當。再次開始動筷時，加奈子打開第三個布丁的蓋子，然後詢問「妳現在手頭上負責的是什麼樣的書？」

「Fraeulein登紀子的隨筆集。」

「咦？是諧星寫的書嗎？」

聽到這個完全出人意表的回應，讓悅子錯愕地愣了三秒鐘。

「……妳沒聽過這個人嗎，加奈子？她是Toxxy的設計師……或者應該說是老闆吧。」

「託客西～？那是什麼啊？品牌的名稱嗎？我沒聽過耶。」

看來，向加奈子尋求理解或相關知識，是一個錯誤的決定。她偏好的品牌是Sally Scott

和Minä Perhonen，是會去相當於副牌的Salon de Balcony或Furfur（售價比Minä更親民）買衣服的「可愛系女孩」。儘管悅子向她介紹Fraeulein登紀子的為人和生平，但加奈子看起來還是完全不感興趣。而聽完說明後道出的這句話，再次讓悅子感到錯愕不已。

「聽起來～感覺好像泡沫經濟時期的書喔！」

自己跟她明明只差兩歲，價值觀怎麼會這麼樣的天差地遠呢！

感到一陣暈眩的悅子繼續反駁：「跟泡沫經濟時期沒有關係啦。這些文章直到兩年前都還在連載，而且我還是個高中生時，就很喜歡看這個專欄了。」

「哦～這樣啊～」

加奈子一臉不感興趣地吃完布丁，把三個空杯拿到水槽沖洗乾淨之後，丟進塑膠容器的資源回收垃圾袋裡。悅子有種似曾相識的感覺。這就跟她聽米岡訴說真理惠大師的種種時的反應一樣。抱歉喔，米岡。之後，加奈子又在悅子家逗留了三十分鐘左右。她囑咐悅子如果跟爆炸頭有什麼進展，一定要老實跟自己報告，然後才起身回家。就跟妳說我完全沒遇到他了嘛，哪來什麼狗屁進展啊。

然而，彷彿像是某種預言般，當週的星期五，悅子在之前那間咖啡店再次跟是永相遇了。因為Fraeulein登紀子的校樣處理進度不太理想，決心加班的悅子身心俱疲地踏進咖啡店時，發現眼前有個帥氣又時髦的爆炸頭點了一杯焦糖瑪奇朵。她眨了幾下眼睛，發現這名男子正是是永是之後，心臟不禁猛力抽動了一下。

輪到自己點餐時，悅子仍沒有半點反應。直到店員出聲催促，她才趕緊點了一杯豆漿拿鐵。結帳時，她的雙眼仍緊盯著是永的動向。在接過自己的飲品後，他沒有像上次那樣步出咖啡店，而是在店裡的座位坐了下來。

幸運的是，座無虛席的店內，就只有是永隔壁的沙發仍空著。於是，拿到自己的飲品後，悅子以光速佔據了這個空位，然後不時偷瞄著是永的側臉。雖然應該沒有特別修過，但他的眉毛有著很好看的形狀。在低調的內雙眼皮之下，是一道高挺得恰到好處的鼻梁。柔軟的雙唇在貼上杯口後微微擠壓變形，撫過唇瓣的手指也十分纖細。

啊啊，怎麼會這麼帥呢。應該把帥哥視為所有人類的財產，然後去申請登記成世界遺產才對。原本只是在旁邊偷瞄的悅子，不知不覺中變成死盯著是永瞧，後者也因此望向她。在移開目光之前，不知為何，是永輕輕點頭向她打招呼。悅子沒有忽略他的視線一瞬間移往自己胸前的動作。掛著在脖子上的景凡社員工證正垂在她的胸前。

「……受貴公司照顧了。」

悅子還沒說話，是永便這麼對她開口，臉上還帶著淺淺的笑容。神啊！謝謝祢，員工證之神！悅子嚥了一口口水，在下定決心之後開口：

「請問……你是是永是之先生對嗎？」

「咦？」

「咦？」

難道不是嗎？感到腋下開始直冒冷汗的同時，是永有些靦腆地回答：「啊，是的，我就是。」

「妳是文藝編輯部的職員嗎？」

「不，那個……我是之前負責校對《好像狗》這部作品的人。」

是永會相信她的說詞嗎？這樣的自己會不會很可疑？在這麼憂心的同時——

「咦，真的嗎！非常感謝妳！」

是永開心地朝她低頭致意。啊啊，這是多麼動人的笑容啊。不過，不同於是永的笑容，一種彷彿觸犯禁忌的陰鬱感，在悅子的內心蔓延開來。校對員不應該出現在作家面前。儘管沒有明文禁止，但這已經可以算是業界的常識了。現在，自己打破了這個規定，讓悅子萌生一股罪惡感。不過——

「因為我常常會漏看內文，而且也不是因為專攻日文而成為作家，因此，寫出來的日文有時會很奇怪呢。所以，有校對員在總是幫了我很多的忙。真的很感謝妳。」

聽到這段令人開心過頭的致謝內容，悅子心中的陰霾像是被吹塵器吹散般清潔溜溜。進入景凡社之後，她初次覺得能進入校對部真好。

在那之後，雖然兩人又閒聊了五分鐘，但悅子已經不記得聊天內容是什麼了。因為，接到米岡催促她返回公司的電話，而起身準備離開的時候，是永叫住了悅子，然後從皮夾裡掏出一張紙片親手遞給她。這是什麼神速的進展啊，好像電影情節一樣！儘管仍一頭霧水，但悅子還是收下了那張紙片。

「那個……雖然我只會出場一下，但如果妳有興趣，請務必來看。這是入場券。」

Yes, I love tickets!

是永給她的，是東京ＢＯＹＳ時裝展的入場券。

——工作什麼的！現在哪有那個心情啊！

難怪他是個蒙面作家。難怪個人資料都沒有公開過。悅子卯起來搜尋ＴＢＣ（不是美容沙龍集團的名字，而是東京ＢＯＹＳ時裝展）的相關圖片，找到兩張是永的側拍後，這才恍然大悟。原來他的正職是模特兒。難怪長得這麼帥。

悅子寫了一封夾帶是永照片的郵件，發給同樣還留在公司裡的森尾，詢問她有沒有看過這個人。約莫過了十分鐘後，她收到森尾只附上短短一行網址的回信。將網址點開，出現的是某間模特兒事務所的官方網站。是永的大頭照縮圖，就在十來名專屬模特兒一覽表的最下方。她點開連結。裡頭除了身高、體重和年齡（25）以外，沒有其他說明，但名字的部分寫著「幸人－YUKITO」幾個字。在搜尋引擎裡頭輸入「幸人／模特兒／爆炸頭」三個條件後，悅子再次開始搜尋圖片。是永似乎不曾在任何雜誌或時裝展上亮相，除了事務所用來宣傳的照片、以及剛才搜尋到的時裝展側拍以外，其餘都是一堆毫不相關的爆炸頭圖片。在各種社群網站用「是永是之」或「幸人」的名字搜尋，但別說是本人了，甚至連機器人帳號都不存在。面對少到可憐的資訊量，悅子不禁有些焦躁。

早知道就多跟他聊上幾句了。應該要問到他的聯絡方式才對。雖然文藝編輯部那邊會有作家的聯絡資料庫，但沒辦法從校對部這邊的電腦去搜尋資料（她試過了）。藤岩恐怕也不會幫她吧。到頭來，這個週五的夜晚，紙本校樣的校對工作還是沒有進展。直到晚上十點都還亢奮不已的悅子，就這樣一個人留在校對部裡。回過神來的時候，室內已經因為省電模式而變得相當昏暗。

隔天是週六。悅子火速趕往髮廊和美甲沙龍。用物理性的方式，將自己從頭到腳都打理得漂漂亮亮，好去參加隔天的時裝展。她最後一次交男朋友，是在高三的時候。大學時雖然幾乎每天都在聯誼，但總是沒能遇到令自己心儀的對象；而且，最重要的是，悅子「過於完美的外表（服裝穿搭）」，反而令男生陣營不敢輕易靠近她。

其實，男人更偏好稍微有點土氣而不夠完美的女孩子。不擅長化妝、也不太保養頭髮，但因為身處聖妻女子大學這樣的環境之中，所以身上穿的衣服都還不錯，然而就是少了那麼一點時尚感，再加上對體毛的處理也不夠仔細。這樣的女人一邊喝著黑醋栗柳橙調酒，一邊說著「我喜歡的類型～應該是溫柔的人吧～」結果在聯誼餐會解散後被男人帶回家的場面，悅子已經目睹過好幾次了。

體毛咧！體毛沒關係嗎！你們都不在意嗎！

只有這點，讓悅子總是在意得不得了。或許，她重視的其實根本不是聯誼活動本身吧。不過，想到這一切或許都是為了讓她遇見是永的安排，悅子甚至開始感謝起那些當年沒向她搭訕的男人。

為了不讓時尚界相關人士看扁，同時也不會給人「討厭啦～這個女孩也打扮得太認真了吧（笑）」的感覺，悅子將好幾件洋裝攤開在床上細細思考。花了兩小時之後，她選擇用許多顆偏大的寶石點綴的灰色毛衣、臀部和大腿處褪色得恰到好處，稍微有幾處破洞設計的寬鬆牛仔褲、麂皮和漆皮混搭的尖頭細跟高跟鞋、外頭再套上剛買的長版西裝外套，然後對著鏡子端詳了好幾次。包包則是豹紋花樣的胎牛皮和褐色小牛皮打造而成的托特包。原本還在猶豫要不要戴帽子，但剛保養過的頭髮難得出現了天使光環（註6），就不要用飾品蓋住頭

註6：頭髮光澤在頭頂處形成一圈的樣子。

部吧。

很好。太完美了。可愛到連自己都嚇了一跳呢。

在狹窄的浴室裡將全身塗上按摩油，然後花一小時保養肌膚後，悅子一如往常地進入夢鄉。

離開百合海鷗號的車廂，頂著陣陣寒風前往舉辦活動的有明競技場時，悅子在路上看到了一張熟悉的臉龐。正想移開視線時，對方卻早一步喚住了她。

「河野妹～！討厭啦，妳這件毛衣超可愛耶～！在哪裡買的呀～？」

「……巴尼斯紐約的銀座分店……」

趕到她身旁的米岡，身上的裝扮也是無可挑剔。變形蟲圖樣的淺色V領T恤，十分適合他纖細的身形。貼身的破洞牛仔褲，再加上一雙工作靴。這身可能會讓一般人選擇在外頭加上皮革騎士外套的搭配，米岡則是刻意罩上一件採燕尾服設計的麥爾登呢大衣。彷彿矮人一截的悅子感到有些不甘。

「你要來的話，應該事先告訴我一聲啊。」

「咦～我才應該說這句話吧。我沒想到妳也會來嘛。畢竟這是男士時裝展啊。妳有興趣嗎，河野妹？」

「因為是永是之會以模特兒的身分上台……」

「咦？咦！這是什麼意思？」

下一刻，米岡激動地揪住悅子的手臂追問，她只好道出前天晚上發生的事情。

「這是怎樣！妳之前只說有點在意，但可沒說對方是個帥哥耶！而且，妳也沒說自己在意的是作者，而不是他的小說啊！他走上伸展台的時候，妳要告訴我是哪一個喔！」

「一看到就能認出來了啦。因為他頂著一個爆炸頭。」

兩人在會場入口將入場券交給工作人員，然後換到了座位票。模特兒送給悅子的、以及米岡從跟自己友好的參展品牌設計師手中收到的，都是屬於相關人士專用的入場券，所以能夠換到比較前方的座位。在座位上並肩坐下後，他們開始環顧四周。前排有一部分是攝影師的專屬座位，貴賓席上則全都坐滿了人，其他座位也幾乎滿了。而且，有一半的觀眾都是女性。

「我能理解ＴＧＣ座無虛席的盛況，不過，原來男士時裝展也會有這麼多人來看啊。」

「因為會有年輕演員或模特兒上台，所以很多觀眾都是來自後援會的粉絲呢。」

「原來是這樣。」

坐在悅子和米岡附近的男性和女性觀眾，手上幾乎都拎著出版社的紙袋，一看就知道是時尚雜誌相關人士。打扮相當完美的米岡和悅子，或許被這些人視為同類了吧。但實際上，他們倆是和時尚雜誌無緣的文藝書刊的校對員。想到自己這樣的立場，悅子就感到非常坐立不安。

因為兩人是在將近開演的時間入場，所以會場隨即轉暗。原本播放的音樂變得大聲，伴隨雷射帶來的燈光效果，前方螢幕上的ＴＢＣ字樣和影像開始閃爍。四周開始傳來像是參加偶像演唱會般的女性尖叫聲。不過，想到自己的目標也是參展的模特兒，而不是時裝，悅子就無法對此不屑地咂嘴。

因為時期的關係，這次展出的都是春夏服飾。出現在螢幕上的品牌標誌，全都染上一抹暖春的色彩。而在活動主持人介紹下登場的模特兒們，身上也都穿著無法抵禦戶外寒冷氣溫的單薄衣物。

「啊，那件好可愛！」

在一旁看展的米岡動輒迸出這句話，然後將編號寫進自己隨身攜帶的小冊子裡。雖然在內心苦笑「你是時尚界相關人士嗎」，但悅子也不禁被這樣的他影響，帶著一種品牌行銷人員的心情欣賞走秀者身上的服裝。無論是她知道或不知道的品牌，每件衣服都有著悅子未曾看過的設計。不僅很可愛，光是想像過完年之後的初春，街頭上將會出現做這種打扮的男性，就讓人樂在其中。最後，一名頭部比其他人都要大上一圈的模特兒，以完美的動作走上純白的伸展台。那充滿自信的從容模樣，讓悅子心跳加速。她用手肘頂了頂米岡，跟他表示「就是他」之後，米岡定睛凝視在台上擺姿勢的是永，然後驚訝地掩嘴說道：

「討厭，有夠帥的耶。他真的是作家嗎？」

「閉嘴啦。他好像想刻意隱瞞這件事。」

在是永之後上台的模特兒，似乎是一名年輕的演員。會場一角跟著傳來驚人的尖叫聲。不同於是永，這名模特兒笑著朝發出尖叫聲的方向揮手，又朝這邊的相關人士的座位揮手，彷彿把伸展台當成自己的個人舞台。

「……這樣不行呢。」

「……嗯。」

明明是時裝的展覽，卻是模特兒比較搶眼。真要說的話，是永那顆頭其實更引人注目。不過，悅子很清楚記得他身上穿著什麼樣的服裝。

在約莫一個半小時的時裝展中，是永登場了四次。根據之前上網搜尋的結果，他在去年的走秀中只登場過兩次，所以這算是很大的進步。然而，經過前天的閒聊後，悅子總覺得比起模特兒的事業，是永更希望自己能夠在寫作這方面有所成就。原來，這裡也有一個無法前往自己想去的地方的人呢。

在新橋和米岡喝了點酒之後返家，隔天一如往常地出勤的悅子，就算坐在辦公桌前面對著紙本校樣，依然有種不真實的輕飄飄感。

因為，昨天的走秀結束後，在米岡「我想近距離看看是永本人」的執拗要求下，悅子抱著被拒絕的心理準備向工作人員提出「我是受擔任模特兒的幸人邀請而來看展的，能讓我跟他打聲招呼再走嗎」的請求，並將景凡社的員工證拿給對方看之後，工作人員便給了她一張後台通行證。不知是否因為米岡灰色無性戀者的特質，他看起來就像是個渾然天成的時尚界相關人士。因此，兩人也在完全沒受到攔阻的狀況下，順利踏進「除相關人士以外禁止進入」的區域。

不同於方才的伸展台上五光十色的氛圍，這個空間裡只有白色的螢光燈管、灰色的牆壁、滿佈刮痕的亞麻地板，以及反射著燈光而漫天飛舞的布料纖維。從完全相反的角度來看，這裡也是另一個世界。工作人員們快速將掛著衣服的衣櫃和化妝用具搬移出去的同時，CS電視台的攝影師入內，忙著採訪剛結束展覽的模特兒和設計師。不知為何，悅子想起了終校日的森尾的臉。

透過門縫朝被當成化妝間的大型休息室裡頭偷看後，在眾多型男模特兒之中，一顆熟悉的爆炸頭就坐在距離門口很近的椅子上，一邊照鏡子，一邊自己卸妝。

「……幸人先生！」

下定決心開口呼喚後，是永轉過頭來。他望著悅子過了零點五秒，然後「啊！」地喊出聲。他連忙擦掉臉上的妝，用差點把椅子弄倒的大動作起身，然後朝悅子趕來。

「妳真的來看展了嗎！呃，不好意思，我之前忘記問妳的名字……」

「我叫河野悅子，這位是米岡。」

「你好～我叫米岡光男～你可以叫我米岡弟喔～」

原來你在公司外頭是這種形象啊，米岡。雖然悅子對身旁的人投以有些冰冷的視線，但是永仍帶著笑容向米岡說「請多指教」，並在一鞠躬之後伸出自己的右手。發現是永似乎會錯意之後，悅子連忙介入兩人之間解釋。

「不是、不是的。他也跟我一樣是校對部的職員。」

「咦！真的嗎！」

「討厭啦，妳好過分喔，河野妹。我是拿著天王寺先生給我的入場券來看展，所以，我今天也算是時尚界的一分子喲。」

「咦？你說的天王寺先生，是『que du bonheur!』的那位天王寺設計師嗎？」

「沒錯沒錯～雖然我今天不是穿他們家的衣服，但我常去他們的時裝展喔。」

「我曾經受邀參加過他們的新品展示會一次。不過因為很貴，所以我最後還是什麼都沒買。」

「這樣啊！咦？是哪一季的展示會？」

持續片刻這樣的對話後，米岡和是永互相交換了名片，所以悅子也理所當然地收下他的名片。是永甚至還向她表示「希望下次有機會一起吃個飯」。比起因過度緊張而說不出幾句話的悅子，是她身旁的米岡自然而然地將對話導向這樣的結果。因此，在新橋喝酒的時候，是悅子自掏腰包請客。

「工作了、工作了！截稿日不是快到了嗎！」

看到一雙手在自己面前用力拍了一下，原本有如石像般一動也不動的悅子，嚇得從座椅上彈起一公分的高度。一旁的米岡露出無奈的表情望著她。眨了幾下眼睛後，悅子甩甩頭，然後拍了拍自己的臉頰。

「……抱歉。」

「唉，我也能明白妳的心情啦～」

點了眼藥水後，悅子再次將視線移回紙本校樣上。

——Les Grand Cinq的故事。

我很喜歡芳登廣場的早晨。拉開巴黎麗茲飯店的窗簾，從窗口向下眺望，聽著被早晨霧氣籠罩的石子路上傳來的腳步聲和說話聲，原本因昨晚的宴會而仍然昏沉沉的腦袋，就會不可思議地變得清爽，美好的一天也就此展開。

對了，各位知道這個世上存在著兩種「五大寶石品牌」嗎？

我這麼說可能有些含糊不清。所謂的兩種，是指「世界的」五大寶石品牌、以及「巴黎的」五大寶石品牌。若是《Lassy》的女性讀者群，想必會覺得「世界的」五大寶石品牌比較耳熟能詳吧。

Harry Winston、Tiffany、Bvlgari、Cartier、Van Cleef & Arpels。

這是「世界的」五大寶石品牌。

Van Cleef & Arpels、Chaumet、Mellerio dits Meller、Boucheron、Mauboussin。

這些則是被稱為Les Grand Cinq的「巴黎的」五大寶石品牌。其中或許有各位不曾耳聞的名字，不過，要是被問到Les Grand Cinq的珠寶店，結果卻回答了Bvlgari ，可是相當令人難為情的事。所以，不妨把它們記起來吧。

巴黎的芳登廣場有很多連綿不絕的珠寶店。日本品牌的Mikimoto也在這些店家其中——

——是否改成「這樣的敘述可能有些含糊不清」？

——「連綿不絕」→這邊是形容建築物一棟接一棟緊密排列的樣子。不過，與其說芳登廣場附近有著連綿不絕的珠寶店，應該說珠寶店都在同一間百貨大樓的內部展店。修改一下這邊的內文或許會比較恰當？

寫下這些註記後，悅子再次抬起頭來。

不需要繼續閱讀，她也都記得。接下來，為了避免引起贊助商合約方面的問題（每期雜誌的前幾頁都會有相關廣告），Fraeulein登紀子將會用較為隱晦、卻又能讓人一眼就明白是哪個品牌的敘述方式，把Tiffany批評得一文不值。她表示，販售銀飾的美國珠寶店竟然能躋身五大寶石品牌的行列，簡直讓人貽笑大方。接著她還提到，父親在自己出生後第一次送給她的珠寶，便是Boucheron的一個可愛貓頭鷹胸針（價格昂貴到必須去細數到底有幾個零）。然後以「為了成為正統的淑女，應該自幼就開始配戴『正統的飾品』」做為這篇隨筆的結尾。

當年看這篇文章時，自己只是囫圇吞棗地接受了這樣的主張。但現在，悅子覺得不太對。

不，這篇文章中所描述的事實並沒有錯。可是，她的內心某處仍有著「這種說法太奇怪了吧」的感覺。

要說現今的年輕女孩在人生中第一次入手的外國珠寶飾品，恐怕絕大多數都是Tiffany的銀飾吧。Tiffany的價格設定平易近人，就算是高中生，只要努力存零用錢，就有可能買得起。然而，諸如享有「世界五大寶石品牌」和「Les Grand Cinq」兩大盛名的Van Cleef & Arpels，就算是價格最親民的商品，也會讓初出社會的粉領族幾乎耗掉一整個月的薪水。Boucheron就更不用說了。即使是價格最親民的商品，也是初出社會的粉領族獻上一整個月的薪水，都無力購買的東西。更何況，Mellerio dits Meller在日本沒有直營門市，Mauboussin也是二〇〇九年才剛在銀座開設實體店面，有實際目睹過商品的人或許仍在少數吧。

——如果自己以外的人看到這樣的文章，會做何感想呢？

雖然跟珠寶飾品不同範疇，但昨天看過東京的設計師們舉辦的時裝展之後，悅子由衷覺得他們很厲害。現在，以東京為活動據點的那些日本設計師，正逐漸成長為能夠跟《MODEetMODE》雜誌中讓悅子關注、憧憬的外國知名設計師齊名的存在。實際上，聽說昨天那場時裝展，也吸引了不少國外採購前來參觀。在這樣的時代，面對能買到Ahkah或Agete的珠寶飾品，便已經心滿意足的女性，向她們提倡Les Grand Cinq和「正統的飾品」之類的觀念，真的有意義嗎？

悅子揉了揉自己的太陽穴，然後閉目養神片刻。

——我是校對員。不可以對書籍的內容說長道短。

她試著在內心這麼說服自己，然後睜開眼睛，再次將視線移回文字上。跟昨天的幸福時光天差地遠的工作內容——這是悅子第一次覺得這份工作這麼辛苦。

兩天後，她將紙本校樣發給了外校。再三煩惱過後，悅子選擇寫信給外包編輯公司裡負責這份稿子的責編。她表示自己過去是《淑女的指南針》的忠實讀者，同時也是Fraeulein登紀子的虔誠信徒。然而，在現今的時代對《Lassy》二十幾歲的粉領族讀者推出這本書，恐怕也很難引起共鳴。甚至還有可能讓今後或許會成為Toxxy客戶的階層流失。

實際上，繼Fraeulein登紀子之後負責連載的造型師，其文章內容會提及的品牌，有一半以上都是日本的東西，也介紹了很多價格親民又容易入手的產品。聽森尾說，根據雜誌問卷調查的結果，新專欄的支持度雖然普普通通，但並不是完全不受歡迎。

隔天，接過下一份紙本校樣的時候，杏鮑菇（部長）對悅子拋出一句「那個弄好了嗎？」的問題。

「……那個是哪個？」

「咦？之前有拜託妳處理吧？米岡，你有替我拜託河野嗎？」

「有。」

「麻煩妳嘍。那個東西今天中午就要交回人事部。」

聽著杏鮑菇和米岡令人一頭霧水、但又肯定和自己有關的對話，悅子開始努力回憶。回到辦公桌前拉開第一個抽屜時，腦中的記憶瞬間浮現，手腳的末稍也瞬間變得冰冷無比。

——我完全忘記了。

悅子被委託校對明年的應徵者筆試考題。她是在咖啡廳和是永重逢那天接到這份稿子。雖然完全沒有印象，不過，那時的她跟是永聊得正開心的時候，被米岡的一通電話叫回辦公室裡。或許稿子就是在那之後交到她手上的吧。跟平常校對的小說比起來，《淑女的指南針》算是頁數比較少的作品，但上頭指派的工作時間仍是一如往常的兩星期。明明有交代她在空閒的時候處理，但悅子卻因為對Fraeulein登紀子的紙本校樣耗費太多心力，導致沒能騰出多餘的時間。

從抽屜裡取出那疊約莫二十張的稿子時，米岡也探頭過來看。自從進入景凡社之後，這是悅子第一次目睹到米岡「嚇人的表情」。還聽到他「可怕的嗓音」。

「怎麼全都一片空白呢？」

「……」

「我不是一段時間前就交給妳了嗎？難不成妳完全忘了？」

「……對不起。」

米岡從悅子手中搶過那疊校樣，大致分成兩半後，再把其中一半的稿子還給她。

「總之，能做多少算多少吧。我也會幫忙的。」

悅子點點頭，將紙本校樣攤開在辦公桌上，拿起放大鏡開始細細檢查。花了十分鐘確認過所有的漢字標音後，她接著審查考題的文章。這份校樣是第一次筆試用的一般常識考題，題目來自各式各樣不同的科目和範疇，特別是時事問題，有許多細節部分，都讓已經進公司兩年的悅子不知該從何判斷。她把一張可動式小桌子拉到辦公桌旁，將時事用語辭典攤開在上頭。心無雜念地埋頭工作，讓校稿作業的進展十分順利，跟Fraeulein登紀子的紙本校樣苦戰到昨天的那段時光，就好像是一場夢似的。

一般狀況下，已經熟悉工作內容的校對員，一天大概能夠確實處理完二十五頁的校樣。面對將近一半的工作量，悅子只用了兩小時、而且是在專注到幾乎忘記呼吸的狀態下校對完畢。因為她和米岡實在是太安靜了，後方的雜誌校對組還好奇地不時朝這邊張望。但悅子連這些都渾然不覺。

時事問題的人名果然出現了不少錯誤。有兩道要求選出正確解答的題目，都出現了選項中沒有正確答案的狀況。

確認完最後一頁的排版後，放在辦公桌上的電子時鐘顯示出12:00的時間。悅子重重吐出一口氣，然後放下筆尖稍微變鈍的鉛筆。

「……看完了嗎？」

在旁邊晚了一秒蓋上紅筆筆蓋的米岡問道。

「嗯。真的很感謝你的協助。抱歉給你添麻煩了。」

悅子起身，然後朝米岡深深一鞠躬。米岡吃驚的反應遠超過她的想像。除了米岡以外，就連還沒外出吃午餐的雜誌校對組的成員，都不禁駐足望向這兩人。

「沒關係啦，至少及時完成了。是說，原來妳也會向人賠罪啊，河野妹。與其說意外，倒不如說讓人覺得有點噁心耶。」

悅子的大腦和眼球都已經達到疲勞的顛峰，讓她頭昏眼花到無力出言反駁。不過，她還是覺得很過意不去。

那年的聖誕節，是悅子人生中最糟糕的一天。

原本以為自己處理得很完美的《淑女的指南針》，在二校發回來時，外包編輯公司卻附上了「請交給河野悅子小姐以外的人處理」這樣的要求。

「妳好像把Fraeulein小姐惹生氣了呢。聽說妳寫了一封對稿子內容挑毛病的信過去？」

在臨時登記使用的小型會議室中，和悅子面對面坐著的杏鮑菇面有難色地這麼問道。Fraeulein不是她的姓氏，而是敬稱。叫她「Fraeulein小姐」的話，就變成「女士小姐」的意思了——儘管內心這麼想，悅子卻只覺得眼前漆黑一片，讓她連出聲指摘的力氣都沒有。原來在這種時候，人的眼前真的會變得一片黑呢。她在內心的某個角落這麼感嘆著。

「河野。妳明白自己為什麼會被分發到文藝刊物校對部嗎？」

看著不打算辯解、也沒有哭出來的悅子，在片刻的沉默後，杏鮑菇開口詢問：

「因為我的名字叫河野悅子。」

「不對。是因為妳對文藝沒有半點興趣。」

聽到這個不算太令人意外的答案，悅子抬起頭來。於是杏鮑菇接著往下說。

雖然悅子本人已經不復記憶了，但當初參加景凡社的面試時，杏鮑菇正是她的面試官。那時候，悅子竭盡全身的力氣，表現出自己對景凡社女性雜誌的熱愛。聽著悅子逐一說明「某本雜誌某一期的某個特輯很有趣」，原本覺得有點受不了的杏鮑菇，開始發現她的記憶力優秀得異於常人。

——對了，前年重建的三菱一號館美術館，妳知道它的建築靈感源於什麼嗎？

——是「丸之內舒適圈」。

——妳怎麼會知道？是在哪裡看到的？

——《Lassy》二〇〇九年十月號的丸之內特輯有介紹到。在那次的特輯中，負責拍攝建築物照片的攝影師竹內先生是個很厲害的人。他平常是替模特兒拍照的攝影師，不過，卻也能把Brick Square內部的照片拍得像英國……

——呃，夠了，謝謝妳。話說回來，二〇〇八年五月號的封面模特兒是誰來著？

——是西園寺直子小姐。那期的《Lassy》，是為了紀念直子因結婚而退出模特兒行列的特別版。丈夫是一名年紀比她小的實業家，還在蘆屋有一棟非常漂亮的房子！

——呃，夠了，謝謝妳。

杏鮑菇帶著半好玩的心情，一邊和悅子進行這樣的問答，一邊將她的答案抄下。面試結束後，他前往資料室，在陳列《Lassy》舊刊的書架前，將自己做為考題的期數一本本取出，再比對悅子的答案。她的所有回答都完全無誤。

之後的評選會議上，卡在聖妻女子大學這樣的最高學歷，而快要被刷下來的悅子，只有杏鮑菇表示應該錄用她的意見。儘管偏差值低了點，但悅子對於自己讀過的文字擁有卓越的記憶力，絕對能夠幫上公司的忙——這麼表示之後，有人回了一句「那就讓你們校對部來照顧她吧」，杏鮑菇也回以「我正有此意」。

「……所以，打從一開始，我就註定只能進入校對部了嗎？」

這個初次耳聞的事實，讓悅子心中頓時湧現萬般複雜的情緒，終至鼻子深處開始傳來刺痛的感覺。

「雖然是其他公司的案例，不過，也有女性一開始被錄用為櫃台服務人員，在五年後晉升成編輯。無論是什麼工作，只要把自己所負責的職務做到最好，就能夠得到相對應的評價。我一開始有這麼說過吧？」

可是，妳闖禍了呢。這樣是越權行為喔。

杏鮑菇的最後一句話，深深刺入悅子的胸口。今天明明是平安夜啊。刺進內心的，怎麼不是愛神丘比特射出來的箭矢，而是真的讓人疼痛難耐的這種事實呢。

另外，悅子完全忘記要校對應徵者筆試考題一事，最終還是被人事部發現了。在過完年之後，悅子將暫時離開文藝組。她被調往雜誌校對組。

「……咦？」

在新年假期到來之前整理辦公桌的悅子，突然察覺到一件事。

惹惱Fraeulein登紀子的沉重事實一直壓在她的胸口上，而暫時調職一事，也讓她大受打擊；不過，能夠遠離她絲毫不感興趣的文藝，而轉任雜誌校對組，或許也意味著自己更靠近《Lassy》編輯部了？

這麼想之後，悅子又揮去了這樣的想法。讓自己的努力受到肯定，藉此前往《Lassy》編輯部，才是她的目標。現在的情況，只是因為自己闖禍而被不光彩地調職。

唉，總覺得好像……

雖然不是徹底被調往其他部門，但一想到在這近兩年的時光中，自己似乎沒能祭出半點成果，除了必須移走的私人物品以外，彷彿連身體都變得沉重不已。過年回到老家之後，一定又會被逼著聽父母絮絮叨叨「聽說〇〇已經結婚生小孩了呢」、「聽說〇〇家的媳婦是個很糟糕的女人吶」這類的事情。悅子才二十四歲，所以不會被催著結婚。不過，要是這樣的生活持續下去，過不了幾年，父母想必就會開始催促她了。

十二月二十七日。在這個最後的上班日，校對部靜靜地結束了這一年。悅子搭上擠滿了因年關將近而興奮不已、以及因工作做不完而精疲力盡的乘客的地下鐵列車，回到家之後，她看見儘管沒有半個客人，卻仍在一樓店面製作大量鯛魚燒的加奈子身影。

「啊，歡迎回來，小悅！妳之後有見到那個爆炸頭嗎？」

隔著日式門簾瞥見走在外頭的悅子後，加奈子這麼開口向她搭話。或許不只是鯛魚燒內餡香甜氣味的影響吧。悅子強忍住有點想哭的衝動，回了一句「見到嘍」，然後打開一旁的玄關大門。

第四話
校對女王與西裝襯衫與鰻魚

悅子的研習筆記
其之四

【字型】依照一定的規則設計出來的字體。英文是「Font」。分為黑體、明朝體等許多種類。Optima體和Futura體很可愛呢♪部長喜歡的則是「岩田中細明朝體」。好成熟啊。

Font Size＝字體的大小。用「np↑點數」或「nq↑級數」來標示（n＝數字）。依據ＴＰＯ（Time、Place、Occasion）來決定要使用何者。

雖然跟字體無關，但「！」和「？」的別名似乎分別是「雨滴」跟「耳朵流膿」。這樣的命名也太直接了吧！

——出兵前一天，陣營內部舉行了大敗仇敵的祈福儀式。迎接出陣的四月二十日，在喝完三三九度的交杯酒後，約三萬名的聯軍發出鼓舞士氣的如雷長嘯聲，排成漫長的隊列自京都出發。從琵琶湖西側前進的行軍，在越過坂本後，於湖畔的城寨度過出征的第一個夜晚。翌日，儘管一大早就飄著雨，仍早早開始進軍，晚上則在田中城過夜。第三天，軍隊一大早便離開琵琶湖，為了翻越山嶺而踏上山林小徑。因為前一天下過雨，鬆軟的地盤讓行軍變得極為困難。導致抵達紮營處的若狹熊川城時約莫已是剛入深夜時分的時刻。

討伐上野介一事並非空頭白話，而是真正的計畫。攻入敵營後，不消一天的時間，先鋒便順利砍下敵方將領的腦袋。又過了三天後，信長將陣營駐紮在越前敦賀的妙顯寺。手筒山城和金崎城這兩座朝倉家的支城，和妙顯寺可說是只隔一步之遙。儘管兩座城都是山城，但行經之路並沒有山谷或湍急的河流。不需一天的時間，本陣便圍上了布幔，也將陣屋和盯哨樓建造完成。

朝倉陣營應該也已經收到小田進軍的消息。然而，他們並沒有捎來請求和解的書信。於是，信長在二十六日領軍往手筒山城前進。

若是直接攻擊城寨的大手門，必定免不了遭受反擊。因此，信長選擇人力較為薄弱的後門作為攻打的入口。從木橋下方的沼澤進軍後，盡管座落在山中，手筒山城仍不敵大軍，而在一天之內被攻下。金崎城也同樣開埸投降。而且，兩座城都是被僅持有雙叉戟或長柄木槌等輕武裝的步兵攻陷——

布慢↓布幔。小田↓織田。二十六日↓二十五日？（出自白話文版本的《信長公記》）他們↓對方？盡管↓儘管。開埸↓開城。

——比起「深夜時分」這種沒有明確時間劃分的敘述，和「剛入」、「抵達」共同出現在同一句之中，是否不太自然？

……竟然有這種事！即使被調到雜誌校對組之後，自己還是離不開文藝嗎！

在新年過後，暫時被人事異動到雜誌校對組的悅子，面對攤開在書架上、感覺比一般文藝書籍的字體更小、排列又更緊密的紙本校樣，正面目猙獰地拿著放大鏡檢查標音和用字的錯誤。這份原稿的字簡直多到每一頁看起來都黑壓壓的！而且又是歷史小說！要一一確認史實超麻煩的啊！而且裡頭出現的漢字我幾乎都不會唸！

一反內心「說不定能負責校對《Lassy》」的小小期待，悅子現在所負責的《週刊K-bon》，可說是和《Lassy》完全相反的一套雜誌。

《週刊K-bon》鎖定的讀者族群是五十～七十多歲的男性，是所謂的八卦雜誌。前面的彩頁基本上都是半露酥胸、只將重點部位遮住的半裸清涼寫真，內頁甚至還會出現露點露毛的全裸照。另外，除了各大城市的傳播妹評分專欄、藝人的花邊新聞、或是批評當前執政者等社會性議題以外，還貼心地加入了有效降低體脂肪的方法、如何消除令人在意的腳臭等健康話題。不知為何，連占星專欄都有。看到「雙子座：建議選擇海藻等富含礦物質的食物做為下酒菜。幸運物是鱉肉火鍋」、「天秤座：睡前記得做頭皮按摩。幸運物是竹葉魚板」這類內容後，會讓人忍不住望向遠方開始思考起「占星術究竟是什麼呢」的問題。話說回來，充斥著這種內容的雜誌，適合連載的不應該是歷史小說，而是情色懸疑小說吧。為什麼只在這種地方刻意表現出男子氣概啊。

悅子所負責的部分，是連載小說、各類專欄、以及文化相關的特別報導。在各類專欄之中，看到由本鄉大作執筆的美食專欄後，她內心不禁陷入五味雜陳的狀態。那個老頭竟然也幫這種雜誌寫專欄啊。跟十年前的作者近照比起來，現在的本鄉大概胖了一點五倍之多。難道就是這份工作害的嗎？

在新年之後，已經過了三個星期。所以，悅子也已經看了三次這個美食專欄。年初時他吃的是鮑魚。第二篇吃的則是鮟鱇魚火鍋。這星期是松阪牛肉。那個傢伙……我可是每天吃著便利商店的便當度日耶！

【校對】對印刷物或原稿進行檢查，並修正錯誤的內容、補全不足之處的行為。「——原稿」、「接受——」。

出自《大辭林》

讓悅子只能一如往常地用超商便當果腹的原因，不外乎就是在新年特賣會時買太多衣服了。這三星期以來，她沒有特別受到其他前輩的鼓勵。應該說，才進公司第二年的悅子，幾乎沒有被視為戰力，只能在宛如戰場般忙碌的雜誌校對組裡當個聽命行事的步兵。每個星期中，都會有一天是必須搭末班車回家的終校日。要說不同之處的話，大概也只有這點了。不過，有加班費多少還是令人開心。

「情人節要到了啊～」

終校日的隔天，悅子坐在接待大廳的沙發上翻著月初出版的《C.C》，同時忍不住這麼感嘆道。

「情人節要到嘍～」

櫃台服務人員今井露出一臉眺望遠方的眼神回應。

「淨是說一些不著邊際的事。那明明只是點心製造商的銷售策略，日本人未免也太好騙了吧。真無聊。」

提著便當店塑膠袋的藤岩穿越自動門走進來，對兩人投以冷淡的視線後，便往電梯大廳走去。悅子和今井無言地目送她的背影離開。藤岩恐怕是在連聖誕老人都不曾聽說過的環境下長大的吧。

「今井，妳要買哪家的？」

「青木定治、Henri Le Roux和Jean-Paul Hevin的期間限定產品是我必買的。」

「啊～東京中城的店鋪嗎～」

「另外，Pierre三兄弟大概也是安全牌吧。」

儘管Marcolini、Herme和Ledent並非三兄弟（註7），但這個莫名中肯的稱呼還是讓悅子笑了出來。

其實藤岩誤會了。情人節早已不是將巧克力送給心儀的那個傢伙（男）的日子，而是讓女孩們以「犒賞努力的自己」這種光明正大的名義，大量採購美味的巧克力在半夜享用，然後讓體重和粉刺瘋狂增加的日子。

註7：這三間店的全名都有「Pierre」。

然而，對悅子來說，今年的情人節是相當重要的節日。她想送巧克力給自己心儀的那個傢伙（是永是之，別名幸人）。她可是有這項非常重要的任務在身呢☆

比較容易判別的品牌，就屬Gucci或BVLGARI了。實際上，這兩個品牌的巧克力也十分美味。不過，送這麼顯而易見的品牌巧克力給擔任模特兒的人，究竟管不管用，也讓悅子有些存疑。她闔上《C.C》，抱著頭吶喊：

「啊～我不知道哪個才是正確答案呢。怎麼辦，今井？我該送哪一家的巧克力給他啊？」

「妳乾脆自己動手做怎麼樣？」

「我們家只有製作鯛魚燒的道具而已。」

「這樣不是很創新嗎，鯛魚燒形狀的巧克力！只要把LOTTE出的加納牛奶巧克力融化之後再凝固一次，就能夠完成了。很輕鬆喲！」

大概連今井本人都會在說出五秒後遺忘的敷衍提議，並沒有傳入悅子的大腦裡。看到時鐘的指針指向下午一點，悅子從沙發上起身，將雜誌放回架上。

事件在兩天後、亦即節分當天發生。

聽說編輯部整整十天都聯絡不上本鄉大作。雖然這跟校對部沒有半點關係，但基於悅子之前在文藝組時曾負責過本鄉的作品，又和本鄉本人見過面，所以《週刊K-bon》的編輯部打了一通內線電話過來。

「妳知道老師可能會上哪裡去嗎？」

「不知道。是說，這樣的話，他的原稿沒有問題嗎？」

「本鄉老師是會事先寫好四星期份的稿子備用的人，所以還有兩星期份的稿子可用。但如果之後仍是失聯的狀態，就有必要準備代打的稿子了……」

接到年輕編輯的電話後，約莫過了三十分鐘，貝塚上氣不接下氣地衝進校對部。

「喂，寬鬆世代！本鄉老師有沒有跟妳聯絡啊？」

「剛剛已經有編輯問過我類似的問題啦！」

「咦，妳換座位了？咦，妳為什麼在看《K-bon》的紙本校樣？」

「你的情報有夠慢耶！我已經被人事異動經過一個月了啦！」

儘管有些不耐，悅子還是向貝塚說明了《週刊K-bon》的編輯已經告訴她聯絡不上本鄉一事，打算藉此快點把他打發走；但貝塚卻直接拉著她離開校對部，來到無人的樓梯轉折處，然後從胸前的口袋掏出自己的手機塞給悅子。螢幕上顯示出「本鄉大作老師」的名稱和電話號碼。

「我很忙的好嗎！」

「打打看啦。我和其他出版社的責編打過去，都沒有人接。但如果是非編輯身分的妳，老師說不定就會接電話了。」

「我跟那個大叔又沒有很要好！」

「總之妳打就對了啦！」

「這是拜託別人時應有的態度嗎，你這個無能編輯！」

「請打過去吧，拜託妳。」

或許真的已經著急到像熱鍋上的螞蟻了吧，看到貝塚老實低頭拜託她的態度，感到有些過意不去的悅子不情願地按下通話鈕，然後聽到語音系統「您所撥的電話無法接聽，請稍後再撥」的回應。

「如果沒有繳手機通話費的話，不管誰打過去都一樣啊！他的門號被停用了啦！」

「是無法接聽的狀態嗎？這樣也可能是我的號碼被封鎖了。快點拿妳的手機打……不對，請用妳的手機打打看。」

看到貝塚再次對自己低頭，悅子返回校對部，從包包裡拿出自己的手機後，再回到樓梯間，並將手機遞給貝塚。輸入本鄉的電話號碼後，貝塚將手機還給悅子。令人意外的是，這次手機另一頭傳來了撥號聲。結果貝塚又一把將手機搶了過去。那你就不要還給我啊。

然而，到頭來也只聽到撥號聲響個不停，並沒有人接起電話。貝塚露出放棄的表情，按下結束通話的按鈕，又把手機還給悅子。

「總之，能判斷老師還在收得到訊號的地方，這樣就好了。」

要是反問貝塚「你就沒想過他沒帶手機出門的可能性嗎」，感覺事情只會變得更麻煩，所以悅子選擇閉上嘴將手機放進口袋裡。

「那就好。我要回去工作了。」

「啊，如果老師有回電話給妳，馬上聯絡我喔。不只是我，和他有業務往來的所有出版社都很擔心吶。」

「有去他家看過了嗎？」

「目前有在連載老師作品的冬蟲夏草社和明壇社的人過去了。我現在也要趕過去。」

語畢，貝塚便衝下樓梯。編輯還真是辛苦啊——悅子懷著這種不關己事的想法目送他的背影離去。

在晚上八點過後到家時，加奈子正在一樓的店面製作鯛魚燒。除了居酒屋以外，商店街的店家都已經拉下鐵捲門，鯛魚燒店的外頭也不見半個客人。

「……是巧克力奶油鯛魚燒？」

「啊，歡迎回來。嗯。妳怎麼知道？」

「因為巧克力的香味都飄到十公尺遠的地方了。」

「我想說或許能用這個產品加入情人節的商機大戰呢。萬一理香跑回娘家，卻發現自己的家不見了，一定會很困擾吧。得賺一些修繕經費才行。」

「真是抱歉喔，都是因為我用破格的廉價租金住在這裡。」

加奈子口中的理香，便是原本住在這裡的房東夫婦的女兒。據說她嫁到塞班島去了。

走上二樓後，悅子打開空調，換上運動服，然後回到廚房把便當塞進微波爐加熱，再從冰箱裡拿出啤酒。解決了半個便當的時候，加奈子捧著在餐盤上堆得像座小山的鯛魚燒來到餐桌旁。

「妳要吃嗎？」

「嗯，謝謝。加奈子，妳有想送的對象嗎？」

「我哥～公司的同事～還有赤松先生～」

加奈子帶著一臉理所當然的表情坐在餐桌前，然後拿起悅子的啤酒大口灌。

「最後那個是誰啊？」

「信用金庫的業務員。很帥喔！臉長得超帥！」

之後，加奈子嚼著巧克力奶油鯛魚燒，花了十五分鐘針對赤松先生帥氣的臉蛋侃侃而談。在這段期間，悅子吃完了便當，把空盒稍微洗一下之後扔進垃圾袋裡，再從餐盤上拿起一塊還熱騰騰的鯛魚燒咬下。意外香醇的可可風味、再加上奶油柔滑的口感，讓她不禁瞪大雙眼。

「……天啊，還滿好吃的耶。」

「對吧～！自、信、作！這是我充滿自信的作品喔！」

「加奈子，妳乾脆辭掉房仲的工作，專心賣鯛魚燒就好啦。」

「討厭啦，做這個又賺不了什麼錢。從這棟房子的破舊程度就能看出來了嘛。會承租這種地方的人，大概也只有妳了啊。明明穿著打扮都很時髦，為什麼要住在這種房子裡呢？」

「在食衣住行這方面，我已經決定不在『衣』以外的地方花錢啦。」

聽到加奈子把自家公司管理的房產稱作「這種房子」，悅子忍不住苦笑了。同時，放在桌上的手機震動起來。是個不認識的號碼。原本猶豫要不要接起來，但她最後還是按下了通話鈕。

「喂？」

『妳是誰啊？』

對方的聲音聽起來很模糊。不知道是誰的號碼卻還打過來，感覺很罕見。

「你才應該先報上自己的名字吧？」

『……啊！難道妳是景凡社那個負責校對的？』

聽到這句話，悅子回想起白天那一連串的事情。說到讓她白天用自己的手機留下來電記錄的人，那就是——

「我是河野悅子。這麼說，您就是本鄉大作老師了吧？」

在片刻的沉默後，電話另一頭沒有否定或肯定，只是傳來長長的一聲嘆息。

「是這樣沒錯吧？您失蹤一事造成了不小的騷動，我或許聯絡一下貝塚，把您平安無事的消息告訴他比較好？啊，可是我不知道貝塚的手機號碼耶。沒辦法了。」

應該說，除了今井、森尾和米岡以外，悅子根本不知道其他同事的手機號碼。原本以為對方會掛電話，但通話仍沒有中斷。

「喂喂？您還活著嗎？」

『河野小姐，妳現在能來帝國大飯店一趟嗎？』

「我不想去。帝國大飯店離銀座很近，您隨便去一間店找對象如何？」

『呃，不，我不是這個意思。』

「是說，您現在在帝國大飯店？在那邊幹嘛啊？」

就悅子所知，本鄉大作並不是個會拖稿的作家。在被異動到週刊雜誌校對組之後，悅子也不曾看過會讓她覺得「寫得真敷衍耶」的文章（雖然她也只看過三篇本鄉的連載而已）。所以，應該不是寫不出東西而刻意搞失蹤。那麼……

「……咦？老師，難不成您殺人了嗎！所以才要逃亡？既然這樣，得再躲到遠一點的地方才行啊！為什麼要選擇東京正中央的地點啊！您是白癡嗎！」

『不對！是內人失蹤了！』

雖然悅子只有「哦～是喔～」的感想，但這似乎是本鄉不小心說溜嘴。不知為何，他連忙壓低音量表示「幫我對其他編輯保密」。

「我明白了。希望您能趕快找到夫人。那就這樣。」

語畢，悅子按下結束通話的按鈕。在加奈子露出滿溢好奇心的閃亮眼神，探出上半身追問「怎麼了？帝國大飯店裡發生什麼事了嗎？」的同時，她的手機再次震動起來。來電號碼跟剛才的相同。悅子按下通話鈕，有些厭煩地開口：

「我不會跟任何人說的，請您放心吧。」

『拜託妳幫我一起找吧。』

「不要，麻煩死了。為什麼是我啊？」

「噯～小悅，我聽說帝國大飯店的翻轉蘋果塔很好吃呢。我也好想吃一次看看喔！」

不知為何，加奈子擠到悅子的身旁這麼大喊。不要湊過來搗蛋啦，再說，比起翻轉蘋果塔，拿破崙派更好吃呢——當悅子想這麼回應的時候，加奈子的聲音似乎也傳到了電話另一頭。

『……剛才那是誰的聲音？』

「附近的房仲業者。」

『真是一份了不起的工作！翻轉蘋果塔也行，要吃什麼我都請客！我等妳過來！』

發出震耳欲聾的高分貝吶喊後，本鄉「咯嚓」一聲切斷了通話。悅子忍不住用尖銳的破音「啥！」地喊了一聲，但一旁的加奈子卻興奮地開始收拾餐桌。

「那個人說要請客耶！雖然不知道他是誰，但一定是個好人。我們走吧，小悅！」

妳剛剛才嗑完四個巧克力奶油鯛魚燒耶。悅子望向時鐘，現在才剛過九點。想起帝國大飯店的餐廳營業到凌晨十二點的事實，悅子不禁感到絕望。而且，從最靠近自家的車站坐地下鐵過去，大概只要花二十分鐘就能抵達了。

——我並非鰻不在乎。我的忍耐已經超越界縣了。我要去見見你那些外遇對象。要不要溜下來看家請你隨意。亮子——

鰻↓滿。超越↓超出？界縣↓界限。溜下來↓留下來。

「呃，妳不用修正內文無所謂啦。」

「應該說，這麼短的文章就能出現四個錯誤，就某方面而言也是一種才能了。」

竟然把「滿」寫成「鰻」。要是寫成「蠻」，或許還沒話說。

替房裡的原子筆套上筆蓋後，悅子轉身望向本鄉。在這間還算寬敞的標準雙人房裡，不知為何，加奈子正坐在床沿打電話叫客房服務，點了三塊翻轉蘋果塔和三杯咖啡。放下話筒後，她像個孩子般用屁股在床墊上彈跳著，並開口說道：

「好開心喔，我第一次來這麼棒的飯店！嗳，小悅，好棒呢！叔叔，謝謝你！」

看到這樣的加奈子，本鄉露出笑容，原本憔悴不堪的臉色也恢復了些許生氣。悅子總覺得這應該也算是一種才能。這或許就是加奈子在商店街的大人們疼愛下，健康開朗地成長的結果吧。

「那麼，您為什麼要逃到飯店裡來呢？就算夫人失蹤了，您本人也沒有必要離家出走啊。」

「這個房間，是我和內人第一次共枕而眠的地方。我原本猜想她可能會在這裡，所以去問了櫃台。既然都來了這一趟，直接回去也有點浪費，就乾脆住下來了。」

「女人可沒有男人想像中那麼浪漫喔。既然知道夫人不在這裡，直接回家就好了嘛。真是浪費錢耶。」

聽到悅子沒好氣的回應，本鄉一臉坦然地表示：

「不，如果我待在家裡的話，內人失蹤一事就會被編輯們發現了吧。這樣有損我的形象。再說，自從當上作家後，我一直很想試試『因為寫作低潮而躲避編輯』這種事情呢。這樣的機會剛好。」

「一點都不剛好。為什麼我得陪您玩這種假裝遇到寫作低潮的遊戲啊？」

「小悅，妳不是在做編輯的工作呀？」

加奈子在絕妙的時間點從旁插話。

「我不是跟妳說過好幾次了嗎，我是校對員啦。按照我的立場，本來無法直接和作家接觸才對呢。所以，關於老師的夫人離家出走一事，我也沒有義務涉入其中。」

「之前，理香的媽媽離家出走的時候，理香的爸爸有去接她回家喔。」

聽到加奈子的發言，本鄉不禁開口詢問「最後是在哪裡找到他太太？」結果，前者用開朗的表情道出「好像是韓國。阿姨因為迷上韓國偶像，把銀行的錢全都領了出來，直接到當地去追星呢」的可怕事實。

「我家應該不可能是這種情況吶。」

本鄉有些遺憾地垂下雙肩。

「為什麼？」

「比起韓國偶像，她更喜歡December's旗下的偶像。」

加奈子回了一句「這樣啊～」然後也跟著垂下雙肩。她喜歡的偶像是哪個？好像是

Scoop（偶像團體名稱）裡的某個成員，但我不知道是誰。討厭啦，現在已經是Snow White（偶像團體名稱）的天下了耶，等您的夫人回來以後記得告訴她喲——在兩人討論著沒有任何實質幫助的偶像話題時，房間的門鈴響了。搭配香草冰淇淋、呈現出誘人光澤的翻轉蘋果塔和咖啡一起被送上。

看到加奈子露出燦爛笑容歡呼「看起來好好吃喔」，本鄉臉上再次浮現微笑。目睹他的反應，悅子開口問道：

「本鄉老師，您有孩子嗎？」

「沒有。因為內人不想要。」

這麼回答的本鄉，側臉彷彿蒙上了一層陰鬱。看來夫妻之間也是存在著各種複雜的苦衷呢——悅子帶著不關己事的心情這麼想。接著，三人圍繞著放好餐點的桌子坐下，開始享用蘋果塔。不知為何，還陷入了一邊吃甜點、一邊聽本鄉細說過往的狀態。

兩人第一次共枕而眠（這種說法聽起來令人怪難為情的），就是在這間飯店的這間房間。對妻子亮子而言，本鄉是她的第一個男人（這也很令人難為情）。亮子非常喜歡美味的東西。在本鄉還沒沒無聞的時候，就算過著捉襟見肘的生活，只要看到新開幕的餐廳，兩人就會一起去嚐鮮。當然，亮子親手做的菜色同樣美味無比。在本鄉的作品還不紅，甚至因此沒錢吃飯時，亮子曾經從娘家帶了自己做的餐點給他。適逢紀念日時，亮子親手烤的蛋糕也相當好吃。趁著和亮子到這間飯店的最高樓層吃法國料理時，本鄉向她求婚了。兩人第一次發生激烈爭吵，是因為約會時選擇的餐廳太難吃等等……

「……幾乎都在吃嘛！」

「有什麼辦法啊！我們就真的一直在吃啊！」

「沒有一起出去旅遊的回憶之類的嗎？」

「比起觀光，我們更像是為了美食而去旅行吶……」

「對了，老師。您在《週刊K-bon》上連載的美食專欄，現在是我在負責校對喔。」

「咦？妳被調去做雜誌了嗎？為什麼？」

早知道就不說了──悅子不禁感到後悔。對本鄉說明了整件事的來龍去脈後，他壞心眼地笑著表示「妳可要記取教訓，以後別再多管閒事嘍」。於是，悅子圓瞪著雙眼從椅子上起身。

「真的嗎！那我回去嘍！謝謝您的招待！」

「不不不，等等、等等、等等。這個跟那個是兩回事啊。」

「哪裡是兩回事啊。我覺得這就是我不應該插手的閒事耶！」

悅子忿忿不平地瞪著抓著自己的手臂不放的本鄉。在她的怒目相視下，本鄉非但沒有退縮，還露出有些奸詐的笑容。

「如果妳能協助我，我也可以幫妳跟女性雜誌部門美言幾句喔。雖然我跟《Lassy》扯不上關係，但《Every》裡頭有我認識的編輯吶。」

「討厭啦～這種事你要早點說才行啊，老師。」

悅子堆出至今未曾在本鄉面前表露過的燦爛笑容，匆忙回到椅子上坐好。一旁的房仲業者，口中含著一截坦露在外的糖漬蘋果片，以無奈又憐憫的眼神望向自己的租客。大人也是有很多不得已的事情好嗎！

雖說答應協助本鄉，但悅子也不明白自己實際上應該做什麼才好。總之，為了尋找線索，她隔天動身前往本鄉自家的住宅。讓加奈子先過去確認有沒有編輯守候在外頭之後（她表示「房子超大的！」這樣），悅子拿著本鄉交給她的鑰匙開門入內，走向他妻子的房間。

「這樣真的好嗎～感覺好像侵犯了個人隱私耶～」

「是擅自搞失蹤的人不對啦。」

加奈子不帶惡意地這麼說之後，開始環顧這個約莫有悅子房間（在鯛魚燒店二樓，約莫二點二五坪）三倍大的空間。雖然不知道「作家之妻」具體上是什麼樣的存在，但這裡沒有給人這樣的感覺。就只是個優雅的家庭主婦的房間。

「……淨是一堆無趣的衣服。」

打開步入式衣帽間的悅子不禁這麼開口。她明白服裝製造業者是刻意生產出這樣的成品，也明白這類無趣的衣服實際上有著很高的市場需求。只能穿上這樣的衣服度過人生的人，佔了絕大多數。

像是青樓女子的打扮——悅子想起本鄉夫人這句曾幾何時對她說過的、帶著苦澀尖刺的發言。輕蔑的感情中總是包含著憧憬。穿上這樣的衣服過生活的她，是懷抱著什麼樣的心情離家出走的呢？啊，對了，是為了去見丈夫的外遇對象嘛。明明就沒有這種東西啊。

在靠牆的書架一角，並排著本鄉表示能幫悅子向編輯部美言幾句的《Every》的舊刊。這套雜誌鎖定的讀者族群原本是四十多歲的女性，但主打的口號是「為了已經獲得一切的高貴女性而存在的聖經」，所以也擁有不少五、六十歲的女性讀者。而且雜誌本身的單價並不便宜。在極度不景氣的環境下，鎖定年輕女孩子為讀者的女性雜誌，經常會和速食時尚（Fast Fashion）品牌推出聯名商品；然而，這套雜誌卻勇敢地祭出「Harry Winston的每一天」或「一輩子都要用芬迪！」之類讓人不忍有感「現在都什麼時代了？」的特別報導。

悅子從書架上抽出一本《Every》，一邊隨意翻閱，一邊思考或許這才是女性雜誌應有的內容吧。伸手可及的夢想，就不再只是夢想了。儘管明白這一點，但她還是認為Fraeulein登紀子的隨筆恐怕無法引起同年代女性的共鳴。一如悅子所料，聽森尾說，那本書在網路書店上的讀者評價奇差無比，看來是不可能再版了。

悅子發現雜誌有幾頁的頁角被折了起來。有時是介紹服裝的頁面、有時是介紹飾品的頁面、有時是探討文化的頁面。悅子是習慣用便利貼做記號的人，但直接將書頁折角的人似乎也不在少數。

「看起來好好吃喔～」

從旁探頭過來看的加奈子這麼說道。

悅子目前翻開的頁面，正好在介紹雜誌出版當下最流行的某間來自美國的鬆餅店。

「如果不把鯛魚燒弄成魚的形狀，而是做成像鬆餅那種圓形，會不會比較賺錢啊～」

「那應該會變成另一種名為今川燒的食物了吧～」

這一頁也被折起來了。這時，突然想到什麼的悅子從書架上抽出其他本的雜誌。美食專欄的頁角同樣被折了起來。抽出五本雜誌確認後，她發現服裝或文化的內容不一定會被做記號，但美食專欄的頁角卻一個不漏地全都被折起來。

真是一對愛好美食的夫妻耶。悅子在內心這麼感嘆道，同時也湧現一絲親近感。

向本鄉報告自己沒發現任何線索的結果後，週末就這樣結束了。到了週一，悅子正打算在下班時間準時離開時，米岡將一整個紙箱的文件交給她。

「麻煩妳對一下答案嘍。」

「咦？什麼東西的答案？」

「新人的筆試考卷啊。可別跟我說妳又忘了喔。」

悅子喊了一聲「啊～」然後用手掌拍了拍自己的額頭。這就是在去年年底讓她忘記校對，並因此被人事異動到雜誌校對組的工作。

「竟然有這麼多喔……明明只是初試而已。」

接下紙箱的悅子為了沉甸甸的手感而吃驚。

「妳在說什麼啊。這些可都是已經根據履歷表篩選後的結果呢。妳很容易遭人誤解，所以更應該覺得能進入景凡社工作的自己很幸運呢，河野妹。」

悅子確實很感謝從眾多求職者當中選中自己的杏鮑菇。不過，倘若事實真的如杏鮑菇所言，那她就得更加把勁努力工作，才有可能進入雜誌編輯部。悅子將原本拿在手裡的包包放回地上，從紙箱中取出一疊疊的試卷。為什麼不採用畫答案卡作答的考試方式啊……

根據一起放在紙箱裡的指示內容，人事部似乎會負責統計分數，所以悅子只要負責用○×批改試卷就好。她在人愈來愈少的辦公室裡，一邊對考卷的答案，一邊暗示自己是台專門標記○或×的機器。過了片刻後，悅子突然感到右邊鎖骨的正中央傳來劇烈的刺痛感。以前去整骨的時候，她詢問過整骨師這種現象是不是意味著什麼疾病，結果對方告訴她這是肩膀過度僵硬的人會出現的症狀。悅子揉著鎖骨抬起頭，才發現辦公室裡幾乎已經空無一人了。在這片寂靜中嘆了口氣的同時，她聽到一個令人不悅的嗓音。

「米岡在嗎～」

「他早就下班了喔～」

聽到悅子的回答，貝塚沒有轉身離開，反而吃驚地踏進辦公室裡。

「真罕見耶。妳忙什麼忙到這麼晚啊？」

「幫新人筆試的考卷對答案。」

「咦，那也是校對員的工作嗎？」

「好像是吧。」

今年的試題相當困難，讓悅子覺得自己幾年前參加的好像不是同一場考試。其中有許多常識方面的問題，都不禁讓她感嘆「真虧這些人能答對耶」。是這幾年的常識改變太多了嗎？

「已經是這種季節了啊～」

有感而發之後，貝塚將罐裝咖啡擱在桌上，然後在悅子旁邊的座位坐下。

「你這樣會妨礙我工作。我不是跟你說米岡已經回去了嗎？」

「不，那找妳也可以啦，我們去吃飯吧。」

「敝人沒有能在你們這種編輯會去的高級餐廳支付餐費的資金呢。」

「我請妳啦。」

「討厭～貝塚先生好大方喲！」

悅子以秒速蓋上紅筆的蓋子，然後起身。她無視貝塚一臉傻眼的表情，用無比燦爛的笑容催促「好啦，我們走吧」。

本鄉的失蹤事件，似乎演變成相當不得了的狀況。明明不是什麼大事，只是本鄉覺得丟臉，才躲起來避不見面而已，但現在卻被加油添醋成「本鄉背著老婆和情婦私奔」。甚至還有人猜測他動手殺害了妻子，將她的屍體埋在深山裡頭，然後為了躲避追緝而開始逃亡。因為本鄉的第二本著作，內容正是在描寫這樣的故事。編輯難道都不會覺得「作家不可能做出和自己撰寫的作品內容相同的事情」嗎？

「畢竟他的夫人是個醋罈子嘛。真要說的話，其實也是無可奈何的事啊。」

「……」

儘管有很多話想說，悅子仍選擇將這些話語和啤酒一起吞下肚。

「……跟他私奔的情婦是誰啊？」

「聽說之前是赤羽的酒店小姐。但我們也不確定詳細的情況就是了。」

「赤羽」這樣的地名，聽起來令人不勝唏噓。覺得銀座太勉強的話，至少也幫他配個六本木的小姐吧。我現在真的沒有搞外遇——悅子想起本鄉有些落寞的這句發言。在貝塚想像根本不存在的情婦時，坐在旁邊的她用湯匙舀了一口燉得軟爛的東坡肉放進嘴裡。她原本還期待貝塚會帶自己去更高檔的店吃晚餐，結果兩人抵達的卻是一間稍微高級一點的居酒屋。

「作家也真是辛苦呢。」

「咦，像妳這樣的寬鬆世代，也能明白作家的辛苦嗎？」

「這跟寬鬆世代又沒關係。因為本鄉老師就是給人這種印象嘛。跟情婦私奔什麼的。如果他的小說是溫暖又富有人情味的老街故事，然後自己是個有小孩、同時又以妻為尊、一家人和樂融融的男人，編輯們也不會把他想成這樣了吧？」

「嗯，這倒也是啦。」

「然後啊，作家也必須符合自己的作品形象吧？或許，本鄉老師其實根本沒有情婦，而且意外是個極其普通的人也說不定；不過，要是被讀者或編輯發現這一點，可能會讓他們失望，所以只好繼續演下去。總覺得這樣很辛苦呢。」

儘管知道這麼做有失禮節，但悅子還是捧起已經不見東坡肉蹤影的小碗，直接喝完殘餘的紅燒湯汁。雖然不是什麼名店，但這間居酒屋的餐點十分美味。把空碗放到吧台上之後，悅子將終於端上來的日式厚蛋捲分成兩半。裡面還包著鰻魚呢。真令人開心。

看著悅子喜孜孜地嚼著厚蛋捲的模樣，貝塚皺眉丟出「妳該不會知道些什麼吧？」的問題。

「我什麼都不知道啊。」

「因為，上次跟老師見面時，妳一臉對他完全不感興趣的樣子啊。應該說，老師那種人正是妳討厭的類型吧。既然這樣，現在怎麼會說出像是在包庇他的話？」

「你又知道我喜歡或討厭的類型了？你了解我什麼啊？」

「……」

貝塚沉默下來，在悅子身旁靜靜吃完自己那份厚蛋捲。他起身去上廁所之後，吧台後方一名不知該說是主廚或師傅的廚師，用故作熟稔的態度向悅子搭話。

「大姊，妳剛才那麼說有點過分吶。」

就算貝塚是常客，但自己可是第一次出現在這裡的生面孔，希望對方能弄清楚這一點——悅子這樣的想法清楚浮現在臉上，回應廚師的語氣也帶些火藥味。

「為什麼啊？」

「我覺得貝塚先生可能喜歡妳呢。他常跟我提到一個『和自己不同部門的囂張丫頭』，我想那應該就是妳吧，大姊？」

……啥？（火藥味瞬間煙消雲散）

「……就是這麼一回事。我在想啊，我該不會開始走桃花運了吧？」

「咦～怎樣都好啦～再說，那種惹人厭的男人，可不能把他算進桃花裡喔。更何況，他還是文藝編輯耶。太扯了啦。」

森尾帶著不感半點興趣的表情，大口吸著碗裡的南蠻鴨肉烏龍麵。原來如此，貝塚不算嗎。說得也是啦。

「真要說的話～我們公司的男性文藝編輯個個都很驕傲自大不是嗎？就連過來拜託我們把書評放進雜誌的文化專欄時，都是一副不可一世的態度。明明是個賠錢的部門，卻只有自尊比山高，真的只能說是糟糕透頂。跟我們的讀者模特兒聯誼時，會在內心跟胯下都異常亢奮的狀態下來參加的他們，卻瞧不起做雜誌給年輕女性閱讀的我們。就算受這種男人歡迎，也不值得開心啦。」

「噢……嗯……」

他們或許只是因為女性雜誌的編輯看起來都很可怕，為求不要輸人，才會這樣虛張聲勢吧——還來不及插嘴，森尾又繼續往下說：

「對了，比起這個，我真的想不出什麼好企劃了啦。我需要構思。給我一些想法吧。明天就要開會了呢。」

看著森尾氣勢逼人的黑眼圈，悅子隨即這麼回答她：

「名為『輕貴婦的遁世之旅』這樣的美食旅行企劃。或者是在東京都內的輕貴婦飯店犒賞自己的企劃。諸如帝國大飯店這種的。」

「不要輕貴婦來輕貴婦去的啦，聽起來更窮酸了。再說，像帝國大飯店這種地方，我們雜誌的讀者絕對踏不進去啊。」

「是喔？現在的女大學生都不太當別人的情婦了嗎？不然只去喝下午茶也好。再加上『稍微成熟的帝國大飯店商場輕貴婦購物體驗』之類的專欄。」

「就說不要加上輕貴婦三個字啦。不過妳的提議我還是會參考嘍。遁世之旅感覺不錯呢，讓人有點心動。」

森尾從口袋裡掏出手機，在備忘錄裡輸入剛才的對話內容，然後露出遙望遠方的眼神。

「……比起遁世，我更想逃避現實呢……」

「如果妳消失了，我會代替妳過去那邊的編輯部。」

「妳不行啦。要是出現輕貴婦和情婦這種字眼，我們家的雜誌就完蛋了。」

悅子裝模作樣地道出「女性雜誌還真是不好做耶～」的感想，喝乾咖哩南蠻烏龍麵的湯汁，然後放下筷子。結果，跟她同時放下筷子的森尾一臉狐疑地問道：

「不過，好難得耶。為什麼是旅行企劃？妳平常不都會提出跟服裝相關的話題嗎？」

「噢……莫名就想到了吧？」

不慎將滯留在腦裡的思緒洩漏出來的悅子，現在才有種冒冷汗的感覺。希望這間店裡沒有其他文藝書籍的編輯。

「難不成妳交到男朋友了？是那個模特兒嗎？可不准妳自己一個人偷跑喲。」

森尾這個令人感激的誤會，讓悅子的冷汗又縮回毛孔裡。

「跟妳說喔～我啊～想在情人節送巧克力給他呢～妳覺得買哪一家的比較好？今井都不肯認真和我討論耶。」

「送巧克力給模特兒？妳是笨蛋嗎？送蒟蒻果凍啦。要維持身材可是很辛苦的呢，尤其是會上台走秀的模特兒。」

可是他會喝焦糖瑪奇朵耶──雖然這麼想，但悅子沒有實際反駁。她用牙籤稍微剔了剔齒縫後，便離開餐廳返回公司。午休結束十分鐘後，貝塚出現了。原本以為他是因為昨天撲空，所以今天又過來找米岡一次；但在和米岡說了幾句話之後，不知為何，他過來拍了拍悅子的肩膀。

「妳現在方便嗎？」

「不方便。我在工作。」

回想起昨天那名廚師的話，不想被貝塚告白的她表現出比以往更冷淡的態度。儘管如此，貝塚仍繼續和她搭話。

「妳上星期是不是有去帝國大飯店？」

「有啊。跟住附近的房仲業者一起去的。」

「咦？男的嗎？」

看著吃驚到說話有些破嗓的貝塚的表情，悅子更懷疑他可能已經迷上自己了。雖然想受男人歡迎，但正如森尾所說，就算被這種人看上，也不值得高興。

「你問我『是不是有去』，所以不是你親眼看到？」

「嗯。不是我，是一位跟作家開會的前輩說疑似有看到妳。」

既然這樣，就把跟我在一起的人也告訴他啊。

「我只是跟住附近的女性房仲業者一起去吃翻轉蘋果派而已。」

不知道是不是錯覺，貝塚看起來似乎鬆了一口氣；但下一秒，他隨即恢復原本的表情，並追問「本鄉老師沒跟妳在一起？」的問題。突然被他這麼問，悅子感覺自己的視線開始心虛地在半空中游移。

「……沒有啊。我跟房仲業者在一起。」

「……他在帝國大飯店對吧？」

「都跟你說沒有了嘛！」

「妳的言行舉止太好懂了啦。換作是平常，妳只會回答『這跟我又沒關係』而已吧。」

是這樣嗎？悅子轉頭向米岡求助，結果後者只是垂下八字眉點點頭。

「他住幾號房？」

「我不知道啦！」

「1228對吧？」

「你都知道了，幹嘛還問我啊！是說，你怎麼會知道？」

「老師之前有在隨筆裡提到，那是他充滿回憶的房間。」

那個大叔是白癡嗎！根本就完全穿幫了啊！

然而，本鄉並不在那間客房裡。看起來不是暫時外出，而是已經退房了。雖然友善的服務人員答應讓兩人入內檢查，但為了提供下一位房客使用，這個空蕩蕩的房間早已被整理完畢，也換上了一套新被單。裡頭沒有留下任何能稱得上是線索的東西。

「妳為什麼不告訴我啊。」

在客房門外，貝塚以罕見的嚴肅表情質問悅子。

「因為老師叫我不要說出去。」

「我不是交代妳要告訴我嗎？」

「本鄉老師要我別說出去。對我來說，本鄉老師跟你，哪個比較偉大啊？」

「……是哪個呢……」

悅子邁開步伐，將認真思考起來的貝塚留在原地。後者趕忙跟了上來。

「既然事實已經曝光到這種地步，就把一切都告訴我吧。老師為什麼不見了？」

「你能保密嗎？不會告訴其他公司的人？」

「不會。」

「請我吃樓下餐廳的拿破崙派吧。」

自己提供的情報還真是廉價啊——雖然心裡這麼想，但午餐吃的咖哩南蠻烏龍麵份量異常的少，所以悅子已經覺得餓了。在服務生帶領下，兩人坐進餐廳最深處的座位。在拿破崙派端上桌之後，悅子一五一十道出事情經過。本鄉或許有情婦，但他並不是和對方一起去旅行了——這是悅子的說法。為了守住本鄉所謂「男人的面子」和「本鄉大作的作家形象」。

「他太太留下來的信呢？裡頭寫了些什麼？」

「『我並非鰻不在乎。我的忍耐已經超越界縣了。我要去見見你那些外遇對象。要不要溜下來看家請你隨意。亮子』。我加重發音的地方，是她漢字寫錯的部分。」

「那封信的內容跟妳說的一模一樣？」

「嗯。」

「這樣的話，他們會在赤羽嗎……」

不，那個赤羽的酒店小姐，是你們編輯憑空捏造出來的人物吧。但悅子並沒有這樣指摘，只是用叉子將拿破崙派送往嘴裡。

「我說啊，我也明白自己只是個校對員，所以沒有資格對編輯大人的做法說三道四。可是……」

先道出一段這樣的前提後，悅子吞下口中的拿破崙派，又繼續往下說道：

「有必要馬上把老師找出來嗎？」

「不。如果他沒有殺了自己的太太，再把屍體埋在深山裡的話，就沒有這種必要。這是對我們公司來說啦。只是，冬蟲夏草跟明壇那邊……」

據說，本鄉大作的文章算是第二受歡迎的「人氣連載作品」，可以的話，編輯部不希望讓他休刊。雖然悅子不知道，不過，要是讓本鄉休刊了，編輯們就得把之前都擱置一旁、由默默無聞的新人作家所撰寫的原稿拿出來用。另外，會把原稿擱置不管，其實背後也存在著某些理由。說到這些理由，不外乎是「因為編輯太忙，所以沒時間受理作家的原稿，隔了好一陣子才去聯絡又很尷尬」、「作家不想重寫，要遊說對方這麼做也很麻煩」等等。在悅子看來，這些全都是能夠想辦法解決的小問題。不過，既然自己剛才已經說過「沒有資格對編輯大人的做法說三道四」這種話，她也只能把這樣的意見吞回肚裡。

「至少，在老師找到夫人之前，你就放過他吧？」

「嗯……」

將最後一口派放進嘴裡時，悅子感受來自右斜前方的一股視線。抬起頭來的她，不自覺地發出奇怪的聲音。

「齁……」

「果然是妳呢，河野小姐。」

一名爆炸頭帥哥露出燦爛的笑容朝她走來。悅子迅速咀嚼了幾下，然後用咖啡將拿破崙派沖進胃裡。啊啊，他怎麼會帥成這樣呢。感覺坐在自己眼前的編輯看起來跟垃圾沒兩樣呢。

「咦，是永先生？」

想當然爾，貝塚也認得曾經進出景凡社的是永。他慌慌張張地起身，然後帶著困惑的表情交互望向悅子和是永。

「妳為什麼會認識……」

「之前發生過一些事。」

上次去參觀時裝展時，是永「希望下次有機會一起吃個飯」的邀約至今尚未成真。所以，這是兩人自從那天之後第一次見到面。

「米岡先生好嗎？」

「是的，他還是一如往常。」

「咦，你怎麼連米岡都認識？」

你閉嘴啦！悅子在心中這麼怒罵貝塚，然後竭盡所能對是永露出甜美的笑容。

「我一直開工作會議到剛剛。啊，不過，不是『是永』這個身分的工作就是了。」

除了文藝編輯部的部長以外，是永似乎沒向任何人透露自己模特兒的身分。朝貝塚偷瞄了一眼之後，是永露出看似惡作劇成功的笑容。這個帥氣的笑幾乎令悅子暈眩。

「我……呃……倒算不上是工作會議……」

「啊，我明天要去法國一趟。妳想要什麼禮物嗎？」

說著，是永靠近悅子的耳邊，輕聲向她表示「我要去參加選秀，但這件事請妳幫忙保密喔」。悅子覺得自己要癱倒在椅子上了。

「只……只要是是永先生挑選的東西，什麼都可以。」

「那麼，等我回國之後，我們再見個面吧。」

之後，悅子不記得自己又跟是永說了些什麼。回公司的路上，貝塚似乎叨唸了一堆有的沒的。她坐在桌前，進入對答案的機器模式，然後埋頭工作。終於來到最後一張試卷時，悅子奮力在最後一題畫上「×」，然後再次望向剛才用手機輸入的行程表安排。

「我們再見個面吧」。是永這麼說，然後指定了二月十四日。

毋庸置疑，那天是情人節。

第五話 校對女王～俄羅斯和豆皮和其他鰻魚

悅子的研習筆記
其之五

【版權所有】用法是「〇〇的版權所有」。就是指出版那本書的出版社。用法就像是標註受雇漁夫漁網所有權的網主一樣。網主是啥？像螃蟹道樂那樣嗎？晚一點來查看看好了。

上午九點，是景凡社校對部的上班時間。文藝組、雜誌組和學術組都一樣。據說這是讓從編輯部被調過來的職員最痛苦的地方。為了和作家或寫手直接討論原稿的內容，編輯的工作時間也必須配合對方，所以他們多半比較晚起。然而，校對部的所有職員都必須在早上九點到公司，然後面對自己負責的紙本校樣。校對部總是一片靜悄悄的狀態，安靜到會讓人被電動削鉛筆機的聲音嚇到雙肩一顫。那彷彿足以把凍結在湖面的一層薄冰震個粉碎的刺耳運轉聲，大概一個小時會出現兩次。另外，除了終校日外，大家都會在晚上六點準時下班。

在資深員工齊聚的雜誌組當中，兩個半月前被人事異動調過來的悅子，並沒有被當成正式戰力，負責校閱的都是一些相對輕鬆的原稿。至於在雜誌上連載的歷史小說，在送印之前會先經過監修員之手。悅子負責校對的，便都是經過監修的版本。就算有錯，也能在出成單行本的時候修正。

所以，二月十四日上午九點四十分的現在，身為景凡社雜誌校對組成員（非戰力）的河野悅子，不是出現在紀尾井町，而是在寒風刺骨的東京車站第二十三號線的月台。

「白癡！你真的是個白癡！我今天有約會耶！」

不是誇飾，而是真的目泛淚光的她，在被炫目陽光籠罩的日本國正中央呼喊著和愛完全沾不上邊的東西。在風中飄揚的沙塵，因反射朝陽而散發出宛如鑽石星塵般的光芒。現在，這裡八成比俄羅斯還冷。

【校對】檢查核對。閱讀文章或原稿，確認是否有錯誤或不合理之處。「——原稿」。
出自《廣辭苑》

事情要回溯到前一天，亦即二月十三日。本鄉大作表面上失蹤的第二十天。這天，同時也是連載著本鄉文章的冬蟲夏草社文藝雜誌的最終交稿日。明壇社那邊的連載因早已超過交稿期限，預定在四天後出版的新一期雜誌中，將會看到本鄉的休刊通知、以及默默無聞的新人單篇完結文章。至於《週刊K-bon》的美食連載專欄，這個星期就會用掉預先寫好的最後一篇原稿。

再追溯到十天前，在帝國大飯店被本鄉要求「幫我一起找出內人」之後，悅子曾前往本鄉的住處翻箱倒櫃地搜索，但最後向他報告的結果仍是「沒找到任何類似線索的東西」。不過，在那之後，悅子試著自己整理了情報。因為，要是本鄉真的在《Every》有人脈的話，她可不能放過這個機會。

首先，本鄉夫人總是會一字不漏地閱讀丈夫的著作。而她一切的生活中，總是少不了丈夫的身影。也就是說，她幾乎不曾和丈夫以外的人外出。也沒有無須經由丈夫的情報來源。再加上她不懂得如何使用網路，會看的電視節目基本上也只有Scoop參與演出的連續劇或電影。那麼，除了這些以外，她唯一的情報來源，就只有自己喜歡的雜誌《Every》、有連載丈夫的作品，或是丈夫的訪談內容的雜誌、以及信用卡的會員雜誌吧。

另外，本鄉夫人的娘家位於東京都，且雙親都已經過世了。所以也不會是「我要回娘家！」這種戲碼。更令人吃驚的是，本鄉夫人跟悅子同樣畢業於「聖妻女子大學」，可說是她的學姊。這是貝塚在之後告訴她的。悅子是經由大學入學考進入聖妻女子大學，本鄉夫人亮子則是從國中一路升上去。而這些似乎都是本鄉寫在《昔日隨筆》裡的內容。最近才發現這個事實的貝塚，曾頂著一張慘白的臉，為了自己戲稱悅子念的是「三流大學」一事道歉。看過隨筆的複印內容之後，悅子不禁淡淡罵道「不管怎麼說，那個老頭還是最愛自己的妻子了嘛」。

到了現代，雖然有悅子這種畢業生，但本鄉夫人在學的時候，聖妻女子大學確實是一所只教授家政和國文、完全是為了培育賢妻良母而存在的學校。所以，她會成為這種思想封閉的妻子，或許也不難理解。

——噯，本鄉夫人最喜歡的書是哪一本？

時間回溯到六天前——不過，這裡所提到的時間其實根本無關緊要，所以也無須特別記下來就是了——悅子這麼詢問貝塚後，他回答是本鄉出道後的第十四本著作《蝶之瞳》。遺憾的是，這本書賣得並不好，單行本和文庫本都已經絕版了。儘管非我所願，但悅子還是向貝塚借了他的藏書。

令人吃驚的是，這本著作沒有懸疑或情色……不對，儘管還是有情色描寫，但卻是一本沒什麼懸疑要素的戀愛小說。噢，女性就是喜歡這樣的作品嘛。悅子一邊這麼想著，一邊草草翻閱。雖說是草草翻閱，不過，因為她總是忍不住去在意標音的位置或標點符號的用法，所以仍花了不少時間。

——「我好想去法國呢」。蝶子時常這麼說。而內心滿是愧疚的我，也只能緊緊摟住她纖細的身子。再過三年，蝶子的雙眼就會完全失去光明。時間只剩下三年了。可是，女兒還要五年才會成年。儘管和妻子之間已經不存在一絲愛情，她卻時常重複「在朱里成年之前，麻煩你繼續維持這個家的樣子」這句話，彷彿把它當成口頭禪一般。

蝶子的視力是從一年前開始衰退。一開始，她原本以為只是過度疲勞引起的症狀，因此並沒有太在意。然而，在接受醫生診斷後，她才明白這是一種漸進性眼疾。因此自暴自棄的她，最後和我共度了夜晚——

……在這種情況下，還有心情跟男人共度一晚？

雖然是一本令人不禁浮現這種平凡疑問的小說，但最後，主角還是拋妻棄子，懷著殉情的覺悟帶著蝶子前往法國。他們到巴黎的Michel Rostang餐廳品嚐了松露和梭魚丸、到亞爾薩斯的Auberge de l'Ill吃了鮭魚舒芙蕾、到勃艮第的La Cote d'Or大啖田雞和鱸魚、又造訪了香檳地區的Les Crayeres、羅阿訥的La Maison Troisgros、阿基坦的Loges de l'Aubergade等等。為了在蝶子完全喪失視力前讓她見識這一切，主角像個逃亡的通緝犯似地，每天都帶著她往不同的地方跑。針對在各地吃的、買的和看到的東西，文中都有著鉅細靡遺的描寫，讓人忍不住懷疑本鄉根本是打著取材的口號，拿出版社提供的經費行吃喝玩樂之旅。想起列印在自己薪資明細上的金額，悅子不禁感到悲從中來。水晶青蘋果是什麼東西啦。我也想吃吃看啊。

同時，悅子也有種恍然大悟的感覺。和編輯開會時，本鄉夫人必定會一起出席。所以，這趟取材之旅她應該也有同行。本鄉沒寫過其他以外國為舞台的作品，再加上這陣子景氣低迷，要不是超級暢銷書的作家，恐怕很難要求出版社出資贊助自己到國外取材。因此，對本鄉夫人來說，這本書或許是回憶滿載的一部作品吧。所以才會是她最喜歡的著作。

書中出現過的食物看起來都相當美味，讓悅子忍不住一一上網查詢。接著，她一不做二不休，乾脆把手邊的本鄉著作中出現過的食物全都列出來。炙燒海鰻、龍蝦長壽味噌湯、鱉肉什錦粥、石斑魚生魚片、香蔥鴨肉湯沾麵、河豚火鍋、醃海參腸。在校對時，悅子只是針對「這道料理是否真的存在」而上網查證，並沒有特別在意。不過，她現在發現本鄉對食物的描寫都相當細膩。這麼做明明沒有意義啊。

最後，雖然嚐遍了各種高級食材，但悅子發現有一種高級食材完全不曾出現過。那就是「鰻魚」。

——我並非鰻不在乎。

亮子留下的書信內容，此刻清晰地在悅子腦中浮現。

那說不定是某種暗示？

她用公司內部信箱告知貝塚此事。之前，把亮子的留言內容告訴他時，悅子原本以為那只是一篇錯字百出的書信，所以並沒有把詳細用字一併說出來。不過，不願放過任何一絲可能性的貝塚，在收到信之後，馬上氣喘吁吁地趕來校對部。這是在二月十日發生的事。順帶一提，這個日期也不重要。

「妳說鰻魚？」

「嗯，鰻魚。你以前招待老師跟夫人時，是不是都沒請他們吃過鰻魚？」

「我怎麼可能把每場飯局的菜色記得一清二楚啊！」

「關我什麼事！叽我有什麼用啊！是說，你好歹也把這種事記在隨身手冊裡吧！」

在這樣的對話後，貝塚轉而聯絡本鄉在其他出版社的責編，接著再次返回校對部。

「每個人都說沒請老師吃過鰻魚啊！」

「你不需要一一跟我報告好嗎！跟你不一樣，我可是在工作中耶！」

「我也在工作啊！」

「吵死啦！貝塚，回你自己的部門去！」

被平常總是溫和客氣的杏鮑菇（但他最近頭髮長長了，看起來比較像草菇）怒聲斥責後，貝塚連忙低頭賠不是，然後拉著悅子離開校對部。

「所以，鰻魚到底是在暗示什麼啦？」

在樓梯轉角處聽到貝塚這麼問，悅子有種幾乎要全身一癱，然後從樓梯滾下去的感覺。不是誇飾，而是真的這麼覺得。懸疑小說作家的責編竟然是這副德性，真的不要緊嗎？

「沒人請老師吃過鰻魚，就代表他討厭鰻魚吧？會不會只是夫人自己出門去吃鰻魚了？有可能是因為夫人很喜歡鰻魚，但跟本鄉老師一起用餐的話，就沒辦法吃了嘛。」

「哪有可能啊，她不是會獨自出門的人耶！」

「這我哪知道啊……」

悅子已經連大聲反駁的力氣都沒有了。她把貝塚的發言當作某個遙遠國家的不知名語言，一臉茫然地聽著。反正都是一堆左耳進、右耳出也沒關係的內容。

這天下班後，為了四天後的約會，悅子前往東西百貨公司買新衣服。因為難得可以早點下班而興奮不已的她，在員工出入口和藤岩不期而遇。在「妳還是一樣土氣耶」以及「請不要管我」這樣的對話後，悅子決定乾脆把藤岩一起拖去百貨公司。令人意外的是，藤岩老實地跟著她走了。

「聽說妳從文藝校對組被調到其他地方？」

「啊，嗯。不過工作內容還是老樣子，都在校對小說跟專欄連載文章。《K-bon》裡頭的。」

「什麼嘛～」

在不明白藤岩這句「什麼嘛～」代表什麼意思的狀態下，兩人踏進了百貨公司的入口大廳。搭上電扶梯，看著為了情人節而籌備的「巧克力天堂（特別活動會場）」鮮豔又刺眼的宣傳設計，藤岩開口表示「對了，我看了那本書喔」。

「哪本書？」

「Mademoiselle（註8）登紀子小姐的隨筆。」

「是Fraulein啦。」

「原來也有那樣的世界存在呢。但跟我無緣就是了。」

藤岩的這句話，正和悅子對她本人抱持的感想相同——雖然立場完全相反。聽到她的感想，讓悅子陷入一種複雜的情緒之中。

「妳覺得怎麼樣？」

「是一本很有趣的書。」

藤岩令人出乎意料的回應，讓悅子錯過離開電扶梯的時機而踉蹌了一下。

「真的假的？那本書的讀者評價很差耶。」

「我知道啊。可是，看過那本書之後，至少讓我湧現了『可能真的要認真打扮外表才行』的想法。很多人都會用外在來評斷他人，而且，多了解書中描述的那個世界，在跟經歷過泡沫經濟的年長作者交流的時候，應該也會有很大的幫助。現在雖然很不景氣，但在自己年歲逐漸增長之後，時代或許也會跟著改變。為了因應這種時刻的到來，我也想開始好好準備，才能避免到時候鬧笑話呢。」

時尚想必也和文學一樣，只要是優質的東西，就能夠受到愛戴而永世流傳，是一種可敬的存在。面對一邊緩緩邁開步伐，一邊看著自己的臉這麼主張的藤岩，悅子帶著一種冰釋前

註8：法文的「女士」之意。

嫌的心情回望她。頭腦聰明的人……或者該說是付出足以考進東大的努力的人，也許從最根本的地方就跟自己不一樣吧。她不禁這麼想。悅子原本只覺得藤岩是個不知變通又土氣的女人，但現在，她卻能夠以放眼未來的心態，肯定悅子所無法接受的Fraulein登紀子的文章。這是腦袋不知變通的人所做不到的事情。悅子突然覺得眼前的藤岩閃耀著光輝。

「……藤岩小姐……我覺得……妳好厲害喔。」

「妳現在才發現啊？太晚了吧。」

「但妳還是一如往常的土氣呢。」

「所以我今天才會跟妳一起來百貨公司呀。好啦，請妳挑選幾套適合我的衣服吧！」

語畢，藤岩在「優質而受到愛戴」的王者品牌香奈兒的店門前停下腳步。兩旁的店家分別是菲拉格慕和愛馬仕。

「不，這間店沒辦法。應該說這層樓的店都沒辦法啦！」

悅子慌慌張張拉起藤岩的手，領著她走向往上的電扶梯。

藤岩的「時尚入門書」，是貴婦時尚研究者的先驅登紀子大師的著作。因此，完全不了解「一般服裝」價錢的她，來到適合幹練粉領族的服裝販售樓層時，看到吊牌上的售價，忍不住驚呼一句「原來這麼便宜嗎」，接著便用驚人的氣勢一件又一件地買下。她或許已經做好接受香奈兒或普拉達那種價位的心理準備了吧。看著把六萬日圓的春季大衣立刻交給店員結帳的土氣同事，悅子還來不及出聲表示「那不算便宜。真的不算便宜啊，藤岩！」百貨公司裡頭便開始播放螢之光（註9）了。最後，這一天就在單方面陪藤岩治裝的狀況下匆匆結束了。

人們總是傾向以自己為中心來思考。對藤岩來說，她的日常生活就是常識；對悅子來說，她的判斷基準就是常識。擁有超出彼此認知範圍的常識的兩人，一起吃了一頓還滿愉快的晚餐。

「妳現在才發現啊？太晚了吧。」

「森尾小姐，藤岩小姐昨天才對我說過同樣一句話呢。」

隔天，假日還得外出加班的森尾，因為兩個取材行程之間隔了四小時的空閒時間，所以就跟悅子約在表參道見面。採買了一堆春裝之後，兩人找了間咖啡廳坐下來聊天。

「校對部真的是個被保護得好好的部門呢～」

點了Pork Ginger Plate（其實就是薑汁燒肉套餐）的森尾，用叉子叉起附餐的生菜，彎

註9：提示營業時間結束而播放的音樂。

著八字眉望向悅子。

「妳在挖苦我喔？」

「不是啦。我只是覺得，雖然都待在同一間公司裡，但我們做的工作卻完全不一樣呢。」

「什麼意思？」

「我想妳應該也詳細研究過了吧。做雜誌需要面對很多和外界交涉的狀況，而這種對象裡頭也不乏奇怪的人……應該說沒有半個正常人呢。」

「哦～」

「不只是有往來的業者喔。之前啊，有讀者打電話來客訴我們的『三十天穿搭教戰手冊』的企劃，說什麼『你們是躲在哪裡觀察我一整個月的穿搭！不准隨便監視我的生活！小心我告你們喔！』這樣。」

「嗚～哇～好可怕。」

「待在校對部，就不會有這種經驗了吧？」

雖然沒有，但悅子覺得自己隸屬的部門，原本就是個「將日文的正確表現追求到極限」而超出她理解的地方。至於經常需要往來溝通的編輯部的貝塚，為人又是那副德性……儘管想反駁，但悅子覺得自己大概無法好好說明，所以只能選擇沉默地點點頭。

森尾還說，編輯部這種地方，會讓人們見識到在自己至今的生活環境中所無法想像的、來自其他個體的「常識」。的確，在景凡社當校對員的悅子，會把自家公司的工作方式當成常識；然而，她曾聽說過，有些公司並不會使用校對指示文件。而且，景凡社的員工可以一次只專心做一本書，但某些大型出版社的員工，可能必須同時處理三、四本書。過去，悅子負責過一份因為頁面上滿是緊密排列的漢字，導致看起來一片黑壓壓的原稿。她抱怨看稿看到眼睛痛的時候，米岡曾婉轉地對她說「我們這樣還算幸運呢」。

「好啦，比起這種事，妳跟那個模特兒怎麼樣了？」

聽到森尾淡淡地這麼問，悅子露出燦爛的笑容回答：

「好奇嗎？嗳，妳覺得好奇嗎？我們大後天要約會呢！」

「真假？咦，是十四號嗎？那不就是情人節！妳買好蒟蒻果凍了嗎？」

「沒買啦！」

要送蒟蒻果凍的話，還不如什麼都不送。悅子打算放棄巧克力這類吃的東西，改送服飾類的禮物，但還是遲遲無法決定品項。

隔天，也就是情人節的兩天前，在員工出入口和悅子不期而遇的今井，帶著一臉憤慨的表情逼近她表示「太好了，時可姊！快點聽我吐苦水」。聽到她當面叫自己時可姊（不是真的可愛，而是時尚卻可憐沒人愛的意思），雖然不免有點挫敗感，但無法直接拒絕的悅子，還是跟著今井坐上計程車來到代官山。最後，今井甚至還陪著悅子來到Loveless挑選禮物。無視今井「送他Alexander McQueen或Lucien Pellat Finet的衣服就好了吧～？」這種毫無幫助的建議，悅子買了一件Kris Van Assche的襯衫。愈是為了挑選禮物而煩惱，愈會一直無法得出結論，所以，還不如選擇送個平凡到令人吃驚的安全品牌就好。幸好自己及時做出了這種決定。

在連續兩天吃外食和情人節禮物的轟炸下，宣言自己手頭很緊的悅子和今井一起踏進速食店。抱著一種懷念的心情，一手捧著可樂，一手拿著起司漢堡大嚼的她，開始傾聽今井的抱怨內容。

結果，今井想抱怨的，是男朋友瞞著她去跟女大學生聯誼這種無關緊要的芝麻小事。然而，經過這兩天的教訓後，悅子覺得對自己來說不值一提的小事，也有可能是攸關今井生死的重大事情。因此，她盡可能露出嚴肅的神情傾聽。不過，直到最後，真的淨是些無關緊要的內容。既然男朋友很有錢，不會讓她過著物質匱乏的生活，這樣就已經謝天謝地了吧。在悅子陷入像是在聽人唸佛的狀態時，今井皺起眉頭問道：

「……妳覺得這些根本是無關緊要的小事對不對？」

「呃，沒有啊。」

「全都寫在妳的臉上啦。我聽森尾姊說嘍，河野小姐，妳現在好像在單戀某個作家還是模特兒？剛才那件襯衫，也是要送給他的東西吧？」

「啊，嗯……」

「身處單戀這種輕鬆狀態的人，不可能理解我的感受呢。」

「那就不要找我當妳的垃圾桶啊。」

「因為我找不到其他看起來很閒的人了嘛。」

我才不閒好嗎——悅子吞下這句話，重新盯著今井的臉瞧。她是個光憑可愛臉蛋生存至今的女孩子。儘管內心可能在想很複雜難懂的事，但絕不會表現出來（不過應該是沒在想啦）。

如果是這樣的女孩子，會湧現什麼樣的看法呢？悅子突然感到在意起來，於是開口問道：

「噯，如果妳的男朋友腳踏兩條船，妳會怎麼做？」

「我會生氣。」

「嗯，這個我知道。那生氣之後，妳會採取什麼樣的行動？」

「把他從家裡踢出去。」

「咦，妳現在的住家不是男朋友租的房子，而是自己承租的嗎？」

「不是承租的，而是登記在我名下的房產。是我父母透過生前贈與給我的。」

「……」

這個人何必出社會上班啊。在悅子無言以對的時候，今井又反問：

「為什麼要問這個？既然還在單戀，比起腳踏兩條船，妳更應該思考怎麼做才能兩情相悅吧？」

聽到這番令人不快的質疑，悅子只好簡單說明了本鄉的問題。

「嗚哇，好麻煩的女人喔。」

這便是今井的感想。聽到她替眾人說出這樣的心聲，悅子不禁有種痛快的感覺。

「反正她一定也有外遇對象吧？」

「不，可以斷言她沒有。應該說她根本沒有搞外遇的能力。」

「那就是真的跑去宮崎那一帶吃鰻魚了吧。啊～真好，我也想去呢。為什麼到了這種年紀，我還坐在麥當勞裡頭吃照燒豬肉堡呢。」

「……妳再說一次。」

「為什麼到了這種年紀，我還坐在麥當勞裡頭吃照燒豬肉堡呢。」

「上一句。鰻魚那句。妳說的宮崎是哪裡的店？」

「噢，不是，我是說九州的宮崎縣。說到鰻魚，東京人可能會先想到濱松市，但其實九州那邊的漁獲量更多喔。我記得鹿兒島的漁獲量好像是日本之冠呢，而且便宜又美味。妳不知道嗎？」

不知道。更讓悅子驚訝的是，她竟然是從今井口中得知這種情報。

接著，像是齒輪全都嵌合在一起般，她為了找尋線索，而在本鄉家翻閱的那些雜誌和書籍的內容，全都宛如浪濤來襲似地在腦內清晰浮現。書角被折起來的《Every》的美食專欄頁面、信用卡的會員雜誌。而其中，有提及鰻魚料理餐廳、而且還是九州捕獲的鰻魚的，唯獨二〇一二年十月出版的那本《Every》。那是享受九州之秋的專欄報導。因為悅子覺得秋天的九州只會出現一堆颱風，根本沒什麼好享受的，所以能輕而易舉地想起相關內容。

「大木淡水……」

「噢，我記得那邊有養殖漁業自家經營的食堂呢。」

「妳怎麼會這麼清楚啊？」

「因為我跟男朋友一起去過。」

以這句回應為契機，今井再次把話題拉回男朋友跑去聯誼一事。

會為了吃鰻魚而遠赴九州，同時也能在麥當勞裡一臉幸福地享用照燒豬肉堡和麥克雞塊。這樣的今井，讓悅子真心認為她是個本質善良的名媛。悅子將這樣的想法坦率告訴她，還補上一句「雖然男朋友做出這種事，但我想他最喜歡的一定還是妳喔」。接著，今井露出了有些意外的表情，然後靦腆地笑了。然後，看著現在在眼前吃著日式醬油糰子的這位大小姐，悅子第一次發現，雖然方向完全不同，但眼前這個人的本質其實和今井很相似。

「妳找到老師的夫人了嗎？」

「別說是夫人了，現在連老師本人都失蹤啦。打手機也聯絡不上。是說，妳為什麼這麼晚還跑來我家啊？我想睡了耶。」

「我跟我媽吵架了。」

「妳是國中生嗎……」

跟今井在麥當勞待到晚上十一點的悅子，在日期即將切換到明天的時候回到家，結果發現加奈子的身影。

「我的嫂嫂啊～是個很能幹的人～然後呢，每次嫂嫂來我們家，我媽就會拿她跟我做比較。說什麼『妳已經是個大人了，所以要更振作一點』。是嫂嫂能幹過頭了好嗎。我這樣才算普通啊～真受不了。」

「我今天已經不想再聽這種話題了耶～……」

「真受不了」應該是我要說的台詞才對。悅子無視加奈子開始卸妝，然後傳了一封簡訊給前幾天才得知手機號碼的貝塚。「本鄉老師的夫人說不定在九州。她可能有去過大木淡水業者自營的食堂」。最後還補充一句「但因為夫人已經失蹤好一段時間了，這些情報或許參考一下就好」。

一般來說，這已經是可以報警協尋的狀況了。而且，就算因失蹤而報警，如果對象是有跟自家公司的文藝部門合作的作家，《K-bon》這種八卦週刊雜誌就絕對不可能刊載他的醜聞；如果換成前藝人、前酒店小姐這種「關注焦點非文藝性質」的作家，因為他們的「重心」不在出版社，所以就會遭到無情的爆料（是永選擇不公開自己的模特兒身分，恐怕就是基於這種理由）。但要是不屬於這種情況，雜誌就不會公開和作家相關的事件。就算去報警，明明也不會有任何問題的啊。

吃著最後一根日式醬油糰子時，貝塚回覆了她的簡訊。

『我明天會聯絡店家試試。』

至少也寫一句謝謝吧——在悅子為此感到不快的同時，加奈子一邊嘆氣，一邊道出「想變成大人真的好困難喔」之類的哲學感想。真的是這樣呢。悅子這麼想著。她不想變成連一句謝謝都說不出口的大人。雖然自己也已經是大人了。

過了半夜一點之後，加奈子回去了。變成獨自一人的悅子，重看了一次貝塚的簡訊後，湧現一種半放棄的憤怒感。她拖著疲累而沉重的身軀回到二樓，然後啟動電腦。比起讓貝塚向自己說謝謝，她更想讓他輸得啞口無言。鰻不在乎。超越。界縣。溜下來。本鄉是一名懸疑小說作家，而他的夫人讀過他的每一本著作。如果這幾個錯字、以及「外遇對象」一詞，其實全都隱藏著某種含意的話——為了找出線索，悅子一直用網路搜尋情報到天亮。

到了情人節前一天。說到業界這天的狀況，就是本鄉在冬蟲夏草社的文藝雜誌上開了天窗。至於悅子這天的狀況，則是滿腦子充斥著「是永大概已經搭上飛機、不知道他會帶什麼禮物給自己、不不不禮物什麼的可能只是表面話、絕對要讓貝塚啞口無言」等的想法。結果，因為這些交錯的千頭萬緒，她在沒怎麼睡好的狀況下去上班。結果，發現辦公桌上放著今天必須處理的《K-bon》校樣、以及無論怎麼看，都是女性雜誌的黑白內頁的印刷廠打樣。悅子覺得興奮到全身的毛孔都張開了。

「這是剛才甩著一頭亂髮衝進來、喊著『這個實在來不及了！』的森尾小姐留下來的原稿。聽她說今天下午兩點就要交出去。」

比悅子早一些進辦公室的米岡，似乎成了熬夜到天亮的森尾討救兵的對象。上個月，基於總編的指示，工作調整小組的職員以強硬的態度，為外校業者安排了強人所難的工作進度，結果引來對方的不滿，表示不願承接這次的外校業務。也就是說，這份工作有著相當強人所難的排程。

「能做完嗎？」

「可以！因為我們這邊的原稿還不急！」

第一次經手的時尚雜誌的校樣。而且，還不是時尚內容相關的頁面，而是純文字專欄。寫滿密密麻麻的電影、音樂、書籍和舞台公演資訊，看起來擁擠不已的文化專欄，以及加上普普風插圖的讀者投稿專欄。還有用淺顯易懂的文字解說社會議題的頁面，感覺看了會讓人變得更有智慧。另外，還有生活小常識、每個月分別由不同讀者模特兒撰寫的連載、以及還不太有名的型男演員的專訪。最後一個大概是因事務所委託而進行的企畫吧。總之，這些都不是四色（彩色）頁面、而是黑白頁面的內容。加油吧。悅子這麼想著。讓國高中時代的自己看得入迷不已的《C.C》。這是她第一次看到它正式出刊前的模樣。包含森尾在內，《C.C》編輯部一共有八名編輯。對外委託的寫手人數約是他們的三倍。由排版設計業者將他們撰寫的文章和照片、圖片素材搭配在一起，完成整個頁面後，再進行輸出，就成了現在的紙本校樣。雖然文藝書籍和週刊雜誌的製作過程同樣也是如此，但面對自己一直很想經手的領域的紙本校樣，悅子鼓起了滿滿的幹勁。

每個人的作業方式不盡相同。悅子習慣先確認文字的排版位置。她是在被調到《K-bon》校對部之後，才開始強烈意識到這一點。雖然編輯部也會確認，但校對部必須把校樣跟最初的原稿文字進行比對，確認是否有格式跑掉的地方。接著，她會一邊閱讀內文，一邊確認首次出現的漢字標音、以及標音的格式。比較起來，《C.C》標音的內容偏多。

另外，針對多次出現的相同詞彙，如果沒有特別不同的意思，寫法就必須統一，不能有時寫成漢字、有時又寫成假名。若是存在多種漢字寫法的詞彙，就必須確認用法是否一致，並針對每本雜誌的基本用字規定，篩選能用的和不能用的漢字。文藝書籍會依據每位作家自己的用字方式來統一；若是雜誌的話，除了作家和隨筆專欄作家以外，其他寫手的文章，都會由出版社機械式地依照內部規定統一用字，所以不會像文藝組那樣出現讓作者檢查校樣的「作者校」的情況。針對必須查證的事實，在調查過後標上記號。至於年號和專有名詞是否正確，如果寫手和編輯有提供相關資料，就先參考這些文件。沒有提供資料、或是提供的資料不夠詳盡的話，就盡可能靠自力查證；如果真的查不到，就用鉛筆註記問題點。書名、公演日期、諮詢專線等是否有誤？日期和星期是否有對上？因為數字很容易看錯，所以悅子總會反覆確認好幾次。

進入景凡社之後，這是她第一次覺得工作很開心。查了型男演員口中「充滿回憶的作品」的發表年代後，悅子發現該作品在那個年代還沒有出現，便用鉛筆註記出這個問題點。雖然說某部電影是「今年的新作」，但那其實是在去年發表的作品。要改成「去年」，還是把「今年的」三個字刪除？將讀者投稿內容和他們的個人資料進行比對後，悅子發現有幾個人的年齡、性別和職業對調了。就算讀者看不出來，投稿者本人看到了，一定會受到打擊吧。

中午十二點。附近的職員三三兩兩從椅子上起身時，悅子才發現自己的精神緊繃不已。站起來的同時，她感到一陣暈眩。

「有時間去吃午餐嗎？」

聽到米岡這麼問，悅子點點頭，然後從包包裡拿出皮夾。

「妳整個上午一動也不動呢。」

站在電梯大廳的米岡笑著這麼說。

「你很失禮耶。我都有在動手啊，也有用電腦查了很多東西。」

「可是妳超級安靜的耶。」

「這很普通吧？」

「雖然讓人意外，但妳其實很常自言自語喔，河野妹。」

「真的假的？」

搭上往下的電梯後，電梯大門在文藝編輯部的樓層再次敞開。

「討厭，妳這身打扮是怎麼了？」

看見走進電梯裡的人，米岡發出高亢的驚嘆聲。那是穿上悅子前幾天替她挑選的服裝的藤岩。在橫條紋上衣的外頭，是一件海軍藍的後扣式套頭毛衣。下半身則是飄逸的薄紗蕾絲長裙，以及刻意凸顯衝突感的技師靴。因為光是試穿高跟鞋，就讓藤岩一副快要沒命的樣子，所以鞋子的選項可說是少之又少。不過，從整體看來，悅子覺得自己的選擇實在很有品味。

「之前請河野小姐陪我一起買的。會不會很奇怪？」

「不會，好適合妳呢！很可愛喔！」

藤岩有些害臊又開心地向米岡道謝，然後露出笑容。

穿越一樓的自動門後，兩人和藤岩道別，前往附近的某間咖啡店。

「妳們倆什麼時候變得這麼要好了呀？真的很厲害耶。畢竟她原本幾乎土氣到無藥可救的程度了嘛。」

在店內點了咖哩之後，米岡一臉興奮地詢問悅子。

「我是不知道這樣算不算變得要好啦，不過，她似乎是因為看了登紀子大師的書而覺醒了哦。」

「這樣不是很好嗎，妳的努力得到回報了啊！」

就是這個——悅子這麼想著。「努力得到回報」這樣的說法，最符合自己現在的心境。進入景凡社將近兩年的她，在去年聖誕節被登紀子大師害得……不對，那其實不是登紀子大師的錯，而是自己的錯。不過，就對心情的影響而言，的確是登紀子大師害得她跌落谷底。才過了短短一個多月的現在，今天的悅子卻有種辛苦獲得回報的感覺。說是他人，其實也就是森尾……不，應該說是犯下過錯的《C.C》的工作調整小組。悅子一邊吃著咖哩，一邊向米岡吐露自己的心情。

「我第一次覺得工作很開心呢。」

「我不是說過了嗎？妳之後一定也會覺得校對的工作很開心喔。」

「這樣算是覺得校對的工作很開心嗎？應該只是因為能接觸自己喜歡的東西吧。」

雖然悅子的目標是前往《Lassy》編輯部，但過去的她也是《C.C》的忠實讀者。直到現在，到了出版當天，悅子還是會去翻閱《C.C》的雜誌。所以，她也算是「《C.C》的讀者」。她可以站在同樣的立場為「讀者」設想，然後工作。

悅子並不會主動去閱讀小說，也不是目前所負責的《週刊K-bon》的讀者。所以，她至今都只是按照公司的規定在工作而已。讀者和校對員之間，還有著編輯這個存在。會和讀者交流的是編輯，校對員無法直接面對讀者。

「負責自己喜歡的東西，或許也挺煎熬的呢。至少，我個人可是一點都不想變成編輯喔。我只想單純當真理惠大師的一名粉絲就好了。」

「唔～是這樣嗎？」

「反過來看，我倒覺得校對員是更貼近讀者的存在呢。雖然跟他們距離比較近的確實是編輯，不過，校對員感覺就像那個吧？飯店的客房清潔人員。像是為了讓客人過得更舒適而提供服務的『草者』(註10)。」

「距離也太遙遠了吧，很難懂耶。『草者』這種說法……你現在看的校樣是以戰國時代為背景嗎？」

「不，是江戶幕府。」

在江戶時代還是用「草者」嗎？原來那時還不叫「忍者」啊……是說，我幹嘛要為了這種事感嘆啊。

吃咖哩的同時，儘管得不出什麼結論，悅子仍試著仔細分析自己「努力得到回報」的感受。到底是覺得校對的工作令人開心，抑或只是暫時能負責《C.C》的校樣而覺得開心？發現這個問題到了明天就會真相大白之後，她放棄了繼續思索。

下午兩點。看到森尾時，「妳這樣會死喔！」是悅子朝她拋出的第一句話。憔悴不堪的森尾，用幾乎整個人撲倒在椅子上的動作在悅子身旁坐下。眼窩凹陷的她，一邊聽著悅子仔細的口頭說明，一邊用無神的雙眼確認以紅筆加註完畢的校樣。十分鐘後，將辦公桌上的整疊校樣整理好，準備起身離開的森尾，下一刻卻又跌坐在椅子上，還不知為何哭了出來。

「妳怎麼啦！」

聽到悅子的驚呼，其他職員也吃驚地望向兩人所在的方向。但他們隨即又移開視線，裝作不曾看到任何事情。

「我受不了了啦～……」

既然這樣，我跟妳交換吧——悅子將這樣的發言吞回肚裡，伸出手輕拍趴倒在桌上的森尾的背部。仔細一看，不停吸鼻子啜泣的她，頭髮看起來有些油膩，上衣的袖口也染上了髒污。

「妳幾天沒回家了？」

「……跟妳一起吃飯那天，我後來被叫回公司，就沒再回家過了。」

這麼說來，她確實穿著跟那天同樣的衣服。接著，森尾斷斷續續地開始吐苦水。

「人手不夠。工作量太多了。讀者模特兒都好任性。寫手拖好久都不交稿。外校業者、排版設計業者跟印刷場都在背後說我們是狗屎爛人。銷售量也下滑了。還要被廣告宣傳部施壓。沒辦法呀，因為不景氣，所以雜誌也賣不好嘛。可是，如果把景凡社的女性雜誌售價壓低，這個業界就完蛋了。可是，為了提升銷售量，也只能壓低價格、或是刊登一些會讓粉絲掏錢買雜誌的帥哥報導。可是，我討厭這樣。我對自己的窩囊和無力感到好絕望喔。嗳，我

註10：忍者的別名。

該怎麼辦呀？」

判斷森尾都只是在自言自語，而並非真的想尋求答案之後，悅子繼續輕拍她的背。或許也將森尾的抱怨聽進耳裡吧，周遭的其他職員只能跟著默默嘆氣。在校對部冰冷而安靜的空氣中，突然傳來一個不懂得察言觀色的男人嗓音。

「喂，寬鬆世代～」

「不懂得察言觀色的顢頇之人～」

「真虧妳知道這麼困難的……咦？森尾小姐？妳怎麼了？」

……森、尾、小、姐？

你為什麼知道她的名字？你們的接點在哪裡啊？悅子吃驚地轉頭望向貝塚，同時，一旁的森尾也迅速用手背抹去眼淚和鼻水，然後帶著豁然開朗的表情起身。

「這跟文藝編輯部的人沒有關係，請不用擔心。」

「咦，可是……」

「謝謝妳，悅子。妳真的幫了大忙。真的太感謝了。」

「不客氣。下次記得留化妝品的試用品給我喔。」

森尾點點頭，隨後便將校樣揣在懷裡，然後小跑步離開了校對部。目送她的背影離去後，貝塚有些不知所措地問道：

「怎麼了？森尾小姐發生什麼事了？」

「這跟文藝編輯部的人沒有關係啊。是說，你過來這邊幹嘛？」

「啊，對了對了。我有打電話去問妳昨天跟我說的那間店，結果店員說前天好像有符合我敘述的一對夫妻造訪店裡。」

雖然不知道腎上腺素（Adrenaline）的功效，也不曉得它有著什麼樣的顏色和氣味，但聽了貝塚的發言，悅子總覺得身體的某處彷彿開始大量散發帶著黃芥末味的肉色腎上腺素（或許是因為它的英文語感跟Altbayern這個德式香腸的品牌有點像吧）。啊啊，好想吃美味的德式香腸喔。

「哦～鰻魚啊，真好～我也好想吃喔～」

悅子拚命裝出一副漠不關心又面無表情的樣子，在椅子上伸懶腰，硬是擠出一個呵欠。這樣看起來很自然吧。應該很自然才對。拜託覺得這樣很自然吧。

「不對吧？雖然算是找到了線索，但他們現在應該已經移動到其他地方了。」

「說得也是。既然是前天去那間店，那我想他們差不多要回到東京來了。」

前天去吃了鰻魚。得知自己的推論完全正確，儘管想大聲叫好，但悅子仍努力故作鎮定。就連參加聯誼時，她都不曾這麼裝模作樣過。

「為什麼啊？」

「你不是老師的責編嗎？在他至今的著作之中，將東京以外的地方做為舞台背景的內容，一共出現過幾次？」

聽到悅子的提問，貝塚「咦？」一聲地愣在原地。好，就是這個。我就是想看他露出這種表情。悅子按捺住滿心的得意洋洋，以格外平靜的嗓音回答：

「老師的四十六本著作中，有二十一個地方重複出現過。其中，以宮崎縣做為故事舞台的只有一本。這本書和最新刊之間隔了三本著作。在這三本之前，連續好幾本著作的故事舞台，都是東京以外的地區。」

「難不成妳把老師的作品全都看過一次了？」

「上網查一下馬上就能知道啦。難道你都沒查過？你不是責編嗎？」

原本一直執著於「鰻魚」這個線索的悅子，想起本鄉夫人的留言中有寫到「我要去見見你那些外遇對象」。儘管本鄉過去確實曾經搞外遇，但他現在已經沒有這樣的對象了。這點事情，做妻子的應該也會察覺才對。根據這樣的推測，會被本鄉夫人斷言為外遇對象的存在，就只有在本鄉的作品中登場的女性了。考慮到護照已經過期一事，可以把第十四本以巴黎為舞台的著作排除。

看到貝塚一臉想回嘴卻又無話可說的表情，悅子繼續乘勝追擊。

「還有，本鄉夫人失蹤之後，到今天是第幾天了呢？」

……成功啦……！悅子在內心做出雙手握拳的勝利姿勢，然後等待貝塚向她道謝。

＊

所以，二月十四日上午九點四十分的現在，身為景凡社雜誌校對組成員（非戰力）的河野悅子，不是出現在紀尾井町，而是在寒風刺骨的東京車站第二十三號線的月台。精心整理好的髮型，一瞬間就被北風吹亂。比平常多花一倍時間仔細塗抹的粉底，也很明顯地沾上一堆沙塵，用手撫摸臉頰時，甚至可以摸到沙子粗糙的觸感。今天的工作排程意外緊湊，她沒有返回公司整理髮型和妝容的多餘時間。到了九小時之後的約會時間，自己看起來將會是多麼狼狽不堪呢——不誇張，光是想像，就讓悅子因憤怒和空虛而目泛淚光。

「白癡！你真的是個白癡！我今天有約會耶！」

「少囉唆！竟然一副得意洋洋的嘴臉，全都是妳害的啦！」

悅子深深體會到期待這個男人開口道謝的自己有多麼愚蠢。

「你被森尾甩掉可跟我沒關係好嗎！她那時的狀態，一看就知道不可能有心情去約會吧！而且，你竟然想在情人節約女孩子出去？你是白癡嗎？你以為自己能收到對方的巧克力喔？你是白癡嗎？啊？」

「男性業界存在著『女人感到空虛無助的時候，也是最好攻陷的時候』這種硬派理論啦！開口閉口就是白癡，吵死啦，妳這個寬鬆世代！」

「她才不是感到空虛無助，只是因為工作而分身乏術而已！既然迷上對方，至少這種地方要弄懂吧，你這個○goza！」

「……啥？」

「那是尾張地區以前的方言，罵人是『蠢蛋』的意思。」

同時變得無力回嘴的兩人，只是重重嘆了一口氣。白霧湧上悅子的臉龐。她根本沒有走桃花運。貝塚心儀的對象是森尾。雖然就算被貝塚看上，也絲毫不值得開心，但她還是很想打死之前那個曾經誤解而自作多情的自己。

在完全感受不到回暖預兆的東京車站裡，進站、出站的新幹線列車不曾中斷過。早上到公司之後，悅子泡了杯咖啡，把紙本校樣攤開在書架上，再把抽屜櫃拉到辦公桌旁，準備開始工作時，她被抵達公司的貝塚拉走，然後帶到東京車站來。

——既然妳都知道，幹嘛不告訴我啊。

貝塚坐在計程車裡對她發脾氣。這些也不是悅子輕易得知，而是上網查了很久才了解的情報。明明只大悅子兩歲，貝塚卻一直揶揄她是寬鬆世代，甚至把自己的工作失誤怪罪到她的頭上。所以，悅子才會想出這種讓他無話可說的方法。在那之後，貝塚或許也回家好好調查了一番，然後才恍然大悟吧。他的表情看起來相當不甘心。

——我原本以為，身為責編的你應該能聯想到這些，所以就沒有特別提起了。

——森尾小姐有男朋友嗎？

——……啥？

不明白話題為何會帶到森尾身上的悅子，在愣了兩秒鐘之後回答「是沒有啦」。

——難道你想追森尾？

——……我昨天約她今天一起吃飯，結果被拒絕了。嗳，她真的沒有男朋友嗎？

就說沒有啦。真的嗎？真的啦。

持續著這種毫無幫助的對答時，兩人抵達了東京車站，然後就變成現在這種狀況了。本鄉最新的著作，就是貝塚去年擔任責編、然後交由悅子校對的那本書。在悅子的印象中，書中只出現過一次列車抵達東京車站的描寫。就是早上九點五十五分進站的新幹線。

初校的時候，紙本校樣裡的列車抵達時間是在中午過後。這一刻，悅子不禁埋怨起當初堅持更正這個時刻的自己。中午的氣溫一定比較溫暖。現在的東京車站簡直冷得無法形容啊！

冷到牙齒不停喀喀打顫時，標示五十五分抵達的「朱鷺」列車駛進月台。貝塚睜大眼睛盯著從高級車廂走出來的每一名乘客。拜託……拜託一定要出現啊。昨天那麼得意洋洋地斷言，要是現在又說「是我搞錯了」，豈不是超遜的嗎？這樣的話，貝塚真的會用「全都是妳害的啦！」把她臭罵一頓了。悅子在內心努力祈禱自己的推斷是正確的。最後，上天聽到了她的祈禱。

「本鄉老師！」

出聲吶喊的同時，貝塚拔腿向前衝了過去。出現在他前方的，正是那對在小小的出版業界掀起微微的風波、又給極少數人添了很大麻煩的牽著手的夫妻。

要是就這樣回公司，功勞八成都會被貝塚搶走。一如悅子所想，貝塚隨即用「妳也很忙吧？先回去沒關係」的安撫語氣，嘗試讓她先行離開。不過，因為本鄉夫人亮子也希望她能同席，所以悅子便跟著踏入東京車站大飯店的餐廳裡。

「河野小姐，聽說妳也是聖妻畢業的學生？」

當亮子主動打開話匣子，然後從過往回憶開始聊到自己的失蹤，已經是好一段時間之後了。現在的亮子，沒了和悅子初次見面時那種渾身帶刺的感覺，簡直像是完全不同的一個人。看著她的表情和服裝打扮，悅子不禁覺得她想必經歷了一趟很美好的旅行。而且她身穿的衣服好像變得華麗了一點。

三十分鐘後，在亮子的話題告一段落時，本鄉道出「你們怎麼知道我們今天會回東京？」的疑問。

「是我查……」

「身為責編，這是理所當然的事啊！」

貝塚的大嗓門毫不留情地掩蓋過悅子的說明。這個男人！我要詛咒你！

悅子帶著憤恨咬牙的心情聽了整件事的來龍去脈。亮子留下來的那封書信，果然是她自力想出來的某種暗號。當初，悅子猜想「超越」的「越」或許是在暗示「越後」這個地名，這部分跟她的推論一樣。至於「溜下來」的「溜」，有用到這個字的地名相當少見，在本鄉的著作中，只有以高知縣為故事舞台的那本書曾經出現過。亮子是透過「鰻」和「溜」的文字，來試探自己的丈夫是否能察覺到。另外，「界縣」的「縣」似乎真的只是單純寫錯字。不過，最後也變成「在縣內四處走走」的意思就是了。

「想暗號還真不輕鬆呢。我能明白你的工作有多辛苦了。」

「那個根本不叫暗號啦……」

「不過，貝塚先生還是解開謎題了吧？」

其實查出來的人是我才對——錯過這麼開口的時機後，悅子的手機恰好響起。是杏鮑菇打來的。按下通話鈕的下一刻，手機另一頭便傳來怒吼。

『妳在幹什麼啊，河野！快點回公司！』

「部長！找到本鄉老師了！跟我的推測完全一樣！請你轉告文藝和《K-bon》編輯部！跟我的推測完全一樣！」

「啊，笨蛋！應該是我去報告才對耶！」

悅子佯裝沒聽到貝塚的抗議而切斷通話。總之，反正想說的話都已經說完了。她起身套上自己的大衣。

「本鄉老師，之前那件事就麻煩您嘍！」

「遺憾的是，最後找到內人的是我呢。有機會再說吧。」

說得也是。到頭來，悅子沒想到他們最後會一起回東京。不過，如果自己做的不是需要「查證」的工作，悅子一定不會去調查任何線索。這樣的話，她今天就不會來到東京車站，也不會讓貝塚無端得到功勞了吧。

……怎麼樣的發展才算好呢？

校對部不存在「報公帳」這樣的概念，所以悅子也無法像編輯這樣隨心所欲地搭計程車，只能坐上地下鐵返回公司。在午休時間到來之前，她又拚命工作了一小時左右，然後判斷昨天那種「努力得到回報」的感覺，果然只是因為自己有機會接觸到《C.C》校樣的工作，而跟現在的工作無關。

到了十二點，杏鮑菇找悅子一起吃午餐。在人擠人的烏龍麵店面對面坐下後，悅子開始主張自身的清白。

「我早上會不見人影，可不是我本人的錯喔。是貝塚硬把我拉出去的。這不是藉口，而是毋庸置疑的真相喔。」

「嗯。我覺得貝塚有點過度依賴妳了呢。我下次會用嚴厲的語氣說說他。」

「麻煩你了。真的很惱人呢。」

「我還以為貝塚一定對妳有意思呢～沒想到他喜歡的竟然是女性雜誌那邊的女性職員啊～那麼漂亮的女孩子，怎麼可能把他放在眼裡呢。真傻啊。年輕人果然不知天高地厚，好可怕喔。」

看著眼前的人用有如蒸熟的杏鮑菇一般的溫和表情說出這種話，悅子不禁噴笑出來。聽說，文藝編輯部的部長剛好目擊到森尾拒絕貝塚邀約的瞬間，結果八卦就在今天上午傳開來了。傳得太好了。活該啦，貝塚！

「本鄉老師好像跟他的夫人和好了呢。不過，說是和好，但其實他們夫妻應該也沒有吵架就是了。」

「每個人都需要一段休息時間啊。本鄉老師有帶著放鬆的心情回來就好。」

「如果你現在還待在文藝編輯部，而且又是本鄉老師的責編的話，還能說出一樣的發言嗎？」

「絕對沒辦法。能像現在這麼輕鬆，我覺得很好呢。」

花了五分鐘吃光店員端上來的烏龍麵後，悅子一個人先返回公司，然後拜託今井用電棒捲替自己重新整理髮型。

「難道今天是妳跟他第一次約會？」

「嗯。祝我一切順利吧！」

捲度完美的頭髮，再加上緞布材質的簡素髮箍。悅子用隨身鏡確認自己的臉蛋。好，很完美。雖然妝容看起來有點糊，但夜晚的黑暗能夠遮掩一切。

為了能在下班時間準時離開，悅子下午拚命埋頭工作。她跟是永約好晚上七點在銀座碰面。剛才照鏡子的時候，今井問她「妳喜歡對方的哪一點」，而悅子的回答是「長相」。表面上，世人普遍認為「因內在而喜歡上對方」的人，會比「因外表而喜歡上對方」的人更可敬。就算穿著打扮很窮酸、經濟狀況又很拮据，只要擁有良善的內在，就會受到所有人愛戴——悅子從以前就覺得這種風潮虛偽到不行。倘若世上所有人都這麼想的話，就不會出現時尚雜誌或美妝雜誌這種東西。真要說的話，就連做為這類雜誌根源的服飾產業和美妝產業，都不會存在於這個世上了吧。

一邊想著這些，一邊動筆工作時，悅子突然感受到某種啟發。

——就算寫作能力奇差無比、所寫的內容也跟事實有所出入，只要內容能帶來利益，就可以出書。如果是這樣的世界，就不會需要校對這種工作。真要說的話，連校對的概念都不可能存在了吧。

「……啊！」

悅子不禁發出驚嘆聲，然後轉頭望向後方座位的米岡。後者宛如一尊石像般，一動也不動地看著桌上的厚厚一疊資料。感覺現在不是開口跟他搭話的時機，所以悅子閉上張開的嘴，重新面對自己的辦公桌坐好。

——原來是這麼一回事嗎？

校對部靜悄悄的。大概一小時會出現兩次、彷彿足以把凍結在湖面的一層薄冰震個粉碎的電動削鉛筆機刺耳的運轉聲，總讓人嚇到雙肩一顫。

削鉛筆機的聲音傳來。時鐘的指針馬上就要走到下午六點的位置了。

三、二、一、零。悅子在內心對某個不知名的對象表達感謝，然後猛地從座位上起身。

最終話
給校對女王愛吧

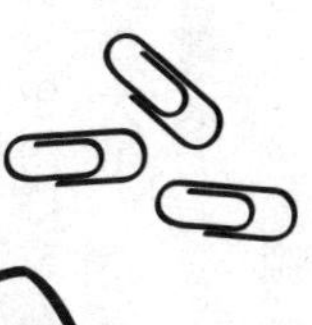

悅子的研習筆記 其之六

【單行本】大小跟高中課本差不多，書封紙質偏硬的書籍。售價大概都在一千日圓以上。依據作者不同，有時會出現像高中男生用的便當盒那種厚度的成書。

【文庫本】大約巴掌大小，書封紙質偏軟的書籍。售價大概都在一千日圓以下。依據作者不同，有時會出現像便當盒那種厚度、一點都不方便攜帶的成書。基本上都是單行本↓兩~三年之後變成文庫本。但也有很多作品例外。

【新書本】整體呈現狹長型、書封紙質偏軟，厚度也偏薄的學術書籍。

【加筆】沒在文藝雜誌或網路上公開，只有單行本或文庫本裡看得到的內容。

【文藝雜誌】像是刊登了一堆小說的《瑪格麗特別冊》漫畫雜誌的東西。連載跟單篇完結的內容都有。

「乾杯～」

「乾杯～！」

在東京的老街中的老街，御坊寺商店街的一角，佇立著昔日曾有過「松田鯛魚燒」這間店鋪的某棟老舊二層樓建築。在這裡的一樓，不管怎麼看，都只容納得下三個人的超狹窄客廳兼飯廳（或說是廚房）裡，三名女子和一名像女子的人物、合計四人正拿著罐裝啤酒坐在同一張餐桌前。還有一名女子站在瓦斯爐旁煮著黑輪。

「好有昭和風情的地方喔！這麼老舊又狹窄的房子，我以前只在晨間連續劇裡看過呢！」

身為徹頭徹尾的平成一族、而且又是個名媛的今井，眺望著有花朵圖樣設計的毛玻璃拉門，道出像是發現稀有物品的感想。

「不過，比起住在牆壁很薄的公寓，選這種房子感覺聰明多了耶。家具也是一開始就隨附的吧？感覺好像自己的曾祖母的家，讓人心情平靜呢。」

森尾一邊觀察小型櫥櫃裡頭的復古風餐具一邊這麼說。因為這裡的空間很狹窄，所以一轉身就是餐具櫃。

「河野小姐住在這種地方，總覺得讓人很意外呢。雖然不甘心，但這讓我稍微覺得妳是個善良的人了。」

藤岩自顧自地對悅子湧現了親近感。

「河野妹～我肚子餓了耶，還沒煮好嗎～？」

在截稿前一刻，才發現時代考據的內容出了問題，只好從今天一大早重看整份校樣，因此連午餐都沒時間吃的米岡，忍不住以焦急的嗓音催促。

「明明是要替我慶祝，為什麼我還得準備東西給你們吃啊！米岡，你也是！想吃的話，就過來幫忙啊！」

「可是這裡很擠嘛！要是起來走動，可能會撞倒或弄壞很多東西耶！」

「真要說的話，地板現在感覺就已經快裂開了啦！」

因為家中沒有電磁爐或插電式的燒烤盤，所以悅子只能把黑輪等食材放到一只大鍋子裡，待煮熟之後，再端到鋪滿廣告傳單的餐桌上。前屋主是一家三口住在這棟房子裡，餐桌旁也只有四張椅子，所以，身為這場慶祝會的主角的悅子，只能坐在準備在下星期的資源回收日拿出去扔掉、用繩子綑綁起來的整疊廢紙上。同時，她聽到一陣「小悅～」的呼喚聲和開門聲一起傳來。

「噯，妳聽我說喔，赤松他啊～咦，怎麼，有客人？」

準備在門口脫鞋，卻發現連這麼做的空間都沒有的加奈子，在看到屋內的高人口密度後，並沒有做出吃驚的反應，只是帶著嘻皮笑臉的表情，以理所當然的態度踏進來。

「誰啊？」

「附近的房仲業者。」

「初次見面，我是松岡不動產的木崎加奈子～哇，是黑輪！看起來好好吃喔！」

「初次見面，我們是悅子的同事～不嫌棄的話一起吃吧？」

地板！地板要裂開了啦！想當然耳，悅子內心的吶喊並沒有傳達給加奈子。後者在騰出半個椅子空位的藤岩身旁一屁股坐下，地板也隨著她的動作吱嘎作響。

「原來小悅也有朋友啊。太好了～我一直很擔心呢～那麼，大家今天為什麼會齊聚一堂呀？」

妳是我媽喔——在悅子這麼吐嘈前，森尾便開口答道：

「為了慶祝悅子還有第二次約會。」

「咦！妳要跟那個爆炸頭交往嗎？你們決定交往了嗎？」

「還沒有決定啦。不過……」

如果能變成這樣就好了呢。悅子傻笑著回答。

二月十四日晚上七點，銀座四丁目的和光大樓門口。是永就在那裡等著她。兩人一同前往某間位置較偏僻、但有點時髦的居酒屋約會。是永到巴黎參加了好幾個時尚品牌的選秀會，但全都落選了。再加上時差的影響，讓他看起來似乎分外憔悴。為了鼓舞這樣的他，悅子拚命開口說話。是永似乎對本鄉這幾天引起的騷動很感興趣。說到自己順利阻止貝塚搶走功勞的內容時，是永笑得樂不可支。

——河野小姐，妳想被調往時尚雜誌編輯部嗎？

——我就是為此而進入景凡社工作。

——是喔。真遺憾呢。

——……咦？

——會那麼仔細地用鉛筆和紅筆在我的原稿上註記的校對員，就只有妳了。

她只是不知道該如何指摘、或是指摘哪個部分，所以乾脆把自己的意見全都寫下來而已。不過，悅子沒有說出這些，只是短短回答了一句「原來是這樣呀」。啊啊，他到底為什麼長得這麼帥呢？這麼帥氣的人，竟然沒能通過半個選秀會。模特兒業界是多麼的嚴苛啊。

——不過，我會支持妳的。我們一起加油吧。

——謝謝你。可是，我今天突然覺得，暫時繼續當個校對員，似乎也不錯呢。

——為什麼？

雖然想回答，但悅子不知道該從何說明起，所以沉默了半晌。她是在下午工作時突然湧現這樣的想法。

悅子喜歡是永的長相。儘管還是不懂他寫的小說究竟算不算有趣，但因為喜歡他的長相，所以悅子也把是永過去的著作全都看了一遍。世上大多數的人，會蔑稱這樣的她是「外貌協會」的成員。但悅子覺得這又如何？

對悅子來說，外貌討人喜歡才是正義。所以，努力打理出討人喜歡的外貌，同樣是她的正義。雖然分屬不同領域，但她發現校對這項工作也存在著相同的正義。想從事文藝作品的校對工作而進入出版社的米岡，曾說過將日文修飾得更美、更正確的作業，會讓他有種快感。聽到這句話的當下，悅子還無法體會這樣的感覺；但到了今天，她終於明白了。

時尚的法則會因季節而有所不同。而時尚雜誌便是能讓讀者學習這種法則的教材。存在於文章之中的法則，也會因媒介或作者而有所變化。學習這樣的法則，並將其具體呈現出來的作業。對悅子來說，原本存在於遙遠的彼方……或說根本位於另一個宇宙中的時尚雜誌，在今天透過一條細細的線，和校對聯繫了起來。

為了將這樣的想法傳達給是永，悅子開口。

──如果繼續待在目前的部門，或許就能比一般讀者更早拜讀是永先生的作品了呀。

「……嘎────！好癢！聽得我全身發癢！」

「吵死了！而且你這樣對今井很失禮耶！」

利用午休時間替悅子把頭髮燙捲時，今井順便傳授了這樣的話術給她。悅子認為自己有帶著無懈可擊的笑容說出這句話。實際上，聽到她這麼說之後，是永好像也變得有些手足無措。最後，在兩人道別時，是永還向她表示「不嫌棄的話，可以再和妳見面嗎？下次，我想穿上妳送的這件襯衫。」嘎〜！

「真是太好嘍。沒想到妳會搶在我之前死會呢。」

「貝塚不也有開口約妳嗎，森尾？」

「我才不要呢，跟那種人約會一定很無趣。感覺他跟藤岩小姐比較相配吧？」

「我有男朋友了。」

「……咦！」

「你們有聽說過『進入出版社、而且又當上編輯的話，將來找對象絕對會吃盡苦頭』這樣的傳說嗎？我一直在跟大學時期認識的研究生男友交往。他再過兩、三年應該就能當上副教授，今年過年時，我們也去拜訪了他的父母，預定大概會在明年結婚。」

因為過於震驚，森尾、今井和悅子說不出半句話。只有米岡一邊猛拍藤岩的肩頭，一邊喊著「討厭啦，真是恭喜妳耶」。儘管有些狀況外，一旁的加奈子也面帶笑容地獻上「恭喜妳〜」的祝福。

強烈的敗北感，讓三人陷入沉默。

接下來的經過，悅子沒有半點印象。

清醒過來的時候，她只發現喝得爛醉的五個女人、以及一個像女人的人，身上蓋著大概是擅自從抽屜裡拿出來的棉被，然後東倒西歪地睡在這個狹窄到極點的家中。這裡是避難所嗎……因為窗簾沒拉上，而在刺眼的朝陽籠罩的房間裡醒來的悅子，為了滋潤乾渴的喉嚨而走向廚房。沒發現地板不知何時被人踩破一個大洞的她，為此狠狠地扭到腳，直到三星期後才完全痊癒。

解說

角田光代

本書的作者宮木あやか小姐，在二〇〇六年以《花宵道中》同時摘下R—18文學賞的大獎和讀者獎，並順利出道。即使是十年後的現在，我依舊記得當時擔任評審委員的自己，在見識到這部作品的高完成度時，是感到多麼的震撼。說到完成度很高的作品，恐怕較難給人耳目一新、或是還有發展空間的感覺，但這部作品卻不是這樣。最令我印象深刻的，便是該作品鮮豔豐富的色彩描寫。那些彷彿從書中滿溢出來的色彩，讓高完成度兼具一種新鮮感。也讓人覺得該書的作者應該能寫出更多各式各樣的著作，擁有深不可測的能力。

開始閱讀這本《校對女王》時，我便想起了這些事。

摒除出版業界不算，我並不清楚一般人對於「校對」一詞有何種程度的了解。諸如音樂業界的混音器、相撲規則中的勝負審判（註11）、或是咖啡界的咖啡師等……在列舉的同時，感覺愈來愈不懂這些舉例是否恰當的我，或許也並不明白校對這樣的工作吧。

一如這本小說裡頭的說明，校對是「針對文章或原稿裡的錯誤和不合理之處，加以確認、檢查後，予以修改或校正」這樣的工作。簡短說明的話是這個意思，但還能衍生出更多層級的定義。不是只追求用字遣詞、專有名詞或介詞正確就好。若是歷史小說，就得確認時代背景、出現在故事裡的物品或服裝描述是否正確；若是以運動或繪畫等特定領域為題材的小說，就得確認相關用語是否正確。

從學校畢業後，我隨即成為了搖筆桿一族。所以，「校對」和在本書一開始就出現的「校樣」等名詞，對我來說是耳熟能詳的東西。儘管如此，校對這項工作、或說是校對員本人，還是經常讓我感到吃驚。假設某個人物出現在某個場景時，身上穿著藍色毛衣。接著，雖然書中的日期沒有改變，但過了三頁後，這個人卻穿上了藍色的襯衫。想當然耳，這是作者的筆誤。但校對員絕對會發現這種錯誤。有沒有抽菸、喝咖啡時會不會加糖等等，就算作者忘了這些設定，校對員也都會記得。不僅如此，他們對數字也非常敏感。在一九二五年分別是二十三歲和十七歲的兩人，過了八年、十六年或三十二年後究竟是幾歲。就算作者弄錯了，校對員也絕對不會弄錯。

註11：除了原本的裁判外，再加派五名裁判監督的比賽。

不過，我有時也會湧現「其實沒必要確認得這麼仔細嘛」的想法。最讓我吃驚的一次經驗，是校對員向我提出更改標題的意見。不是編輯，而是校對員。那時，某部短篇小說經過校對的紙本校樣發回我手上。我仔細一看，發現故事標題的地方竟然被打了一個「×」。旁邊加註了一行「感覺標題和故事內容不符，這樣可以嗎？」的疑問，下方還有疑似是校對員想出來的標題，以及「我覺得這樣的標題比較貼切」的意見。實在令我震驚無比。

抱歉用我的私事來舉例。不過，提及校對這項工作，只要是身為作家的人，我想話匣子都會停不下來。這項工作就是如此繁瑣複雜，而校對員也是形形色色、各有不同。

作者將名為河野悅子的主角投入這個複雜的世界，首先讓她面對的是情色懸疑（官能懸疑）小說。對小說不感興趣，平常只會翻閱時尚雜誌，並因為想被分發到時尚雜誌部門而進入出版社的她，從這部情色懸疑小說裡頭發掘出不可思議的疑點。這正是必須接觸繁瑣工作內容的校對員才能發現的疑點，而這樣的疑點也導出了一個小小的神祕事件。

原來如此。這是校對員透過校對的工作發現謎團，並加以解決的校對懸疑短篇故事嗎？我不禁異常佩服作者這樣的構思。繼續看第二話時，發現作者又將我的揣測全盤推翻。第二話無關懸疑，描寫的是悅子和同期進公司的編輯藤岩之間小小的親暱交流。

我剛才有提到，開始閱讀本書時，我馬上回想起作者的出道作。說得正確一點，我回想起的應該是她「深不可測的能力」才對。

直到第二話結束為止，這位作家把她潛在的能力慢慢地展現出來。第一話和第二話，都出現了小說之中的小說。第一話是情色懸疑小說家本鄉的作品，第二話則是在純文學領域出道的是永是之的作品。在自己的小說裡頭，撰寫出其他作家執筆的（因應劇情描寫）作品，是非常困難的一件事。然而，這位作家卻輕而易舉地完成了這樣的任務。

而且，出現在第一話和第二話的短篇小說風格迥異，讓人無法預料第三話又會出現什麼樣的作品。

結果，竟然是愛神降臨的預感。在這一話出現的其他作品，不是出自小說家之手，而是貴婦愛用品牌的代表兼設計師的Fraeulein登紀子的時尚隨筆。

接下來的第四話，悅子負責校對以中高齡男性為讀者群的八卦雜誌上連載的歷史小說。那個本鄉大作再次於故事中現身，事件也跟著發生。這裡雖然再次引述了本鄉著作的一部分內容，但並不是以往的情色懸疑，而是懸疑要素很薄弱的戀愛小說《蝶之瞳》的小說片段。也就是說，這裡所引述的內容，又必須跟第一話的本著作有所區別。作者輕而易舉地寫出兩種不同風格的作品，讓本鄉大作這名小說家的成長歷程一瞬間浮現出來，讓身為讀者的我們了解到，本鄉並不是一個難應付又厚臉皮的中年作家，而是謹慎、努力、深愛自己的妻子、同時對寫作又有著執著的認真男人。也明白他曾經有過一段默默無聞的時期，但仍和不諳世事的妻子一起努力至今。

從整體來看，作者便是用同樣的手法撰寫這整部作品。針對繁複到一般人無法想像的校對作業，作者沒有特別說明，只是透過悅子的工作內容、以及她和初次見面的男人、女性友人和同期同事的短短對話來讓讀者理解。不是費心著墨本鄉這個男人、也沒有細細說明他和妻子之間的關係，只是把本鄉第十四本小說和現在的小說內容的對比呈現出來，讓讀者能夠稍微窺見端倪。

關於對時尚潮流、時尚雜誌和出版物整體造成影響的時代變遷、以及背後的經濟環境、還有在這樣的經濟環境中成長的我們的價值觀變化，作者沒有誇大敘述、也沒有循序說明，只是很自然地將其描寫成小說裡的一環細節。因為實在是太自然了，讀者可能不會察覺到。他們會感覺自己彷彿打從一開始就很熟悉校對這種工作，甚至覺得自己並非透過這部小說理解到泡沫時期至今的時代變遷。他們可能只會對河野悅子有話直說的態度感到神清氣爽、為她和森尾或米岡的對話會心一笑、想像著她接下來的戀情發展，然後闔上這本書。當然，這樣的閱讀方式，我想作者也是非常歡迎的吧。

我認為，宮木あやこ小姐是非常大膽又無所畏懼的一名作家。換作是我，就算能想到以校對員為主角的小說題材，也不會在小說裡頭又寫其它小說，而且也會亟欲針對校對的工作內容、編輯的工作內容、或是每個時尚品牌加以說明。因為我害怕失敗，也害怕讀者無法理解。不過，看了這本小說，我能明白這位作家絲毫不會畏懼這樣的事情。這和「相信自己的讀者」是同樣的意思。同時，我也認為對她來說，和寫小說這件事相聯繫的絕非恐懼，而是幸福這樣的感情。

就算只能一直吃速食，只能住在租金便宜、但相當老舊又狹窄的房子裡，但只有時尚這方面絕不肯妥協的悅子，會依據不同場合更換自己的穿著打扮。就算是對時尚了解不多的我，也覺得看得很興奮。接著我又想到，在小說這個領域，宮木あやこ小姐會不會也擁有數量驚人的服裝呢？在作家之中，可以看到一些屬於「附身型」的人。這種人在寫作時，會彷彿被作品中的登場人物、或是小說本身給附身了一樣。別名是「潮來巫女型」（或說只有我這麼稱呼）。為了撰寫小說，宮木小姐收藏了各式各樣的服裝。穿上高級名牌服飾時，她就能寫出相關的內文；換上戰國時代的武將打扮，她就能完全化身為對方；套上哥德蘿莉服的話，就能明白做這種打扮的女孩子的內心；穿上草裙的話，就能踏出自古傳承下來的曼妙舞步。當然，這些都只是我的比喻，她的衣櫃裡不可能出現這些東西。是宮木小姐將這些看不見的裝扮收藏在大腦裡，有必要時再拿出來使用。寫小說的時候，她會像報恩的白鶴那樣緊緊掩上門，獨自取出符合小說場景的服裝穿上，讓小說或登場人物附身在自己身上，再開始動筆。或許，這就是她身為作家的能力深不可測的祕密吧。她至今所撰寫的多樣化作品，令我不得不這麼想像。

今後，宮木小姐想必也會繼續打造出無邊無際的小說世界吧。不過，我還是想先拜讀河野悅子小姐的後續故事呢。她會不會就此埋首投入校對的工作呢？對工作無比認真、又極具正義感的她，將會成為一名什麼樣的校對員呢？還有，她的戀情將如何發展？像今井或貝塚這些出現在悅子身邊、同樣富有魅力的人物，又會遇上什麼樣的事情？我想，我一定是迷上了悅子和其他的登場人物了。就像被現實世界的人物吸引一般，我希望能一直看著他們的成長故事。

夏美的螢火蟲

發售中 **定價：340 元**

森澤明夫◎著
鄭曉蘭◎譯

為了尋訪在溪流間飛舞的螢火蟲，立志成為攝影師的大學生相羽慎吾與女友夏美，再三造訪位於山間的老舊雜貨店「竹屋」，並決定在此度過暑假。當得知生活於此的安奶奶與地藏先生哀傷的過去後，慎吾開始思考自己能做些什麼……

國家圖書館出版品預行編目資料

校對女王 / 宮木あや子作；許婷婷譯. -- 初版.
-- 臺北市：臺灣角川, 2017.01-
冊； 公分. --（文學放映所）

譯自：校閲ガール
ISBN 978-986-473-469-6(第1冊：平裝)

861.57 105022670

文學放映所100

校對女王 1

原書名＊校閲ガール

作　　者＊宮木あや子
譯　　者＊許婷婷

2017年1月12日　一版第1刷發行

發 行 人＊成田聖
總 編 輯＊呂慧君
主　　編＊李維莉
資深設計指導＊黃珮君
美術設計＊陳晞叡
封面設計＊陳語萱
印　　務＊李明修（主任）、張加恩、黎宇凡、潘尚琪

發 行 所＊台灣角川股份有限公司
地　　址＊105 台北市光復北路11巷44號5樓
電　　話＊(02)2747-2433
傳　　真＊(02)2747-2558
網　　址＊http://www.kadokawa.com.tw
劃撥帳戶＊台灣角川股份有限公司
劃撥帳號＊19487412
製　　版＊尚騰印刷事業有限公司
I S B N ＊978-986-473-469-6

香港代理
香港角川有限公司
地　　址＊香港新界葵涌興芳路223號新都會廣場第2座17樓1701-02A室
電　　話＊(852)3653-2888

法律顧問＊寰瀛法律事務所